征服者の恋

岩本 薫

15454

角川ルビー文庫

Contents

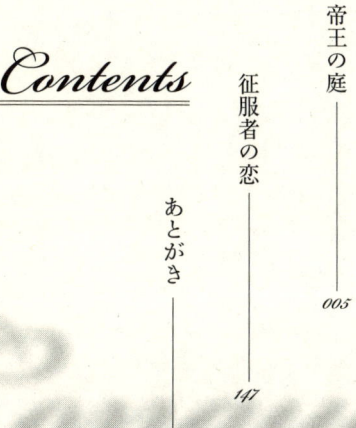

口絵・イラスト／蓮川愛

帝王の庭

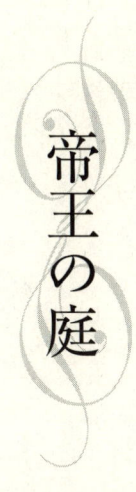

序章

「……放してくださいっ」

男の手から逃《のが》れようと、尚史《なおふみ》は懸命《けんめい》に身を捩《よじ》った。

どんっ。

手荒《てあら》くコンクリートの壁《かべ》に押しつけられ、その反動で細いフレームの眼鏡《めがね》が一瞬《いっしゅん》浮く。

「尚史……別れたくない」

首筋に落ちる、切羽詰《せっぱつ》まったしゃがれ声。

至近距離《きょり》の男の唇《くちびる》は色を失い、小刻みに震《ふる》えていた。ただその双眸《そうぼう》だけが、薄闇《うすやみ》の中でもぎらぎらと仄暗《ほのぐら》い光を放っている。

いきなり、男の顔が覆《おお》い被《かぶ》さってきた。顎《あご》を掴《つか》まれ、唇を無理矢理《むりやり》に奪《うば》われる。

「っ……んっ」

食いしばった歯列を、焦《じ》れた男がこじ開けようとする。

「むっ、ぅ、んっ」

口腔《こうこう》内に押し入ろうとする舌を懸命に拒《こば》みながら、攻防《こうぼう》の隙《すき》を縫《ぬ》って、尚史は男の脛《すね》を蹴《け》り上げた。

「痛っ」

悲鳴が聞こえ、男の拘束《こうそく》が緩《ゆる》むやいなや、力任せに突《つ》き飛ばす。

はぁはぁと肩《かた》で息をしつつ、目の前の男を睨《にら》みつけた。

「……これ以上何かしたら警察を呼びますよ」

冷ややかに告げたとたん、男の表情が冷水を浴びたように強《こわ》ばる。

「……尚……」

「私は本気です」

声音《こわね》から、まさしく「本気」だと覚《さと》ったのだろう。男の顔がくしゃりと歪《ゆが》んだ。

「…………」

男が弱々しく項垂《うなだ》れる。その意気消沈《しょうちん》した様を厳しく見据《みす》え、尚史は細い息を吐《は》いた。

とりあえず、危機は脱《だつ》したようだ。

しかし、安堵《あんど》も一瞬《いっしゅん》。

「………っ」

背中に何者かの視線を感じた尚史は、ぴくっと肩を揺《ゆ》らした。直後、ゆるゆると振《ふ》り返る。

視線の数メートル先――自分たちが立つ路地と表通りとの接点――そこにひとつの大柄《おおがら》なシルエットが立っている。

男同士の愁嘆場《しゅうたんば》を、高級外車の傍《かたわ》らに佇《たたず》み、冷めたような傲慢《ごうまん》な眼差《まなざ》しで眺《なが》めている男。

（見られた？）

じわりと目を細め、男の顔を見つめる。逆光でもディテールがわかる彫《ほ》りの深い顔立ちを認めた刹那《せつな》、尚史は全身の血の気が引くのを感じた。

男は、よりによってクライアント筋にあたる男だった。

それも今、自分が誰《だれ》よりも隙を見せたくない相手。

いつから？

いつから見られていたのか。

相手を突き飛ばしたところから？

それとも……キスから？

熱を持って白く霞《かす》んだ脳裏《のうり》に次々と疑問が湧《わ》き上がる。

何か……何か言わなければ。何か上手《うま》い言い訳を……。

だが、もしキスシーンを見られてしまったのならば、誤魔化《ごまか》しようもない。言葉で取り繕《つくろ》ったところで、男とキスをしていたという事実は消せない。

どこからどう見てもゲイカップルの痴情《ちじょう》のもつれ……。

汗《あせ》で濡《ぬ》れた両手を握《にぎ》り締《し》めて硬直《こうちょく》していると、長身の偉丈夫《いじょうふ》が踵《きびす》を返した。

わずかな動揺《どうよう》も感じられない足取りでゆっくり道を横切り、レストランらしき石造りの建物の中へ入っていく。

一顧《いっこ》だにしない大きな背中を呆然《ぼうぜん》と見送りながら、尚史は『彼』と自分の関《かか》わりの始まりを思い出していた。

1

ツルルル……ツルルル……。

中野駅から十分ほどの国道沿いに建つ、三階建てビルの二階部分。がらんと人気のない二十五坪《つぼ》ほどの事務所スペースに、電話のベルが鳴り響《ひび》く。

「はい、柏樹《かしわぎ》建設で……あ、青木《あおき》さん」

電話を取った若い社員の声が、途中《とちゆう》で急にくだけた調子になった。

「社長、青木さんから電話です」

パーティションで区切られた自席のブースで、パソコンのディスプレイを睨んでいた柏樹尚史は、その呼びかけに顔を上げた。

社員数十人ばかりの、この小さな建設会社の代表取締役《とりしまりやく》の座に納まって二年が経《た》つが、いまだに「社長」と呼ばれることには違和感《いわかん》がある。

「外線二番です」

むず痒《がゆ》さを堪《こら》えて眼鏡のブリッジを中指で押し上げたあと、目の前の電話に手を伸《の》ばした。

受話器を首と肩ではさみ込みながら、点滅《てんめつ》する外線ボタンを押す。

「もしもし?」

『もしもし、青木です。今、世田谷《せたがや》の現場にいるんですけどね』

携帯《けいたい》のノイズに紛《まぎ》れて、少しざらついた声が聞こえてきた。

『ええ、例の個人宅のリフォーム物件です。配管の工事が遅《おく》れ気味なんで、今日はもうちょい延長しますわ』

現場監督《かんとく》の言葉を耳に、尚史は切れ長の双眸を腕時計《うでどけい》に走らせる。

午後の四時半過ぎ。四月の頭とはいえ、あと一時間ほどで日が暮れ始める。暗い現場は危険を伴《ともな》うこともあり、本来なら日没《にちぼつ》と同時に切り上げるのだが、作業が遅れているとなると、夜間の工事も致《いた》し方《かた》がないだろう。

「そうしてくれると助かる。先方との約束で納期だけは遅らせられないから」

通話を終え、受話器を置いてすぐ、先程《ほど》電話を取り次いだ若手社員が尚史のブースまでやってきた。

「青木さん、延長ですか？」

「配管で手こずって二時間ほど終わりの時間を延ばすらしい」

「じゃあ戻《もど》りは八時過ぎかぁ」

ぽりぽりと頭を掻《か》く男に水を向ける。

「何か問題でも？」

「いや、ちょっと自分の抱《かか》えてる物件で相談したいことがあったんですけど……青木さんの帰りを待ちます」

軽く肩を竦め、若手社員は自席へ戻っていった。

彼がデスクにつくのを見計らい、尚史はネクタイのノットをわずかばかり緩めて、ふっと息を吐く。

彼を含《ふく》む社員が、社長の自分でなくベテランの青木を頼《たよ》るのは、今に始まったことではない。

そしてそれは、ある意味当然のなりゆきだった。

何せ尚史はこの業界においては、会社で一番若い社員よりもキャリアが浅い。

ここを継《つ》ぐまでの肩書《かたが》きは公認会計士で、都内でも有数の会計事務所に勤めていた。

世間がエリートと呼ぶキャリアに転機が訪《おとず》れたのは二年前——二十七歳の冬。

父の病死がきっかけだった。

父とは生前あまり折り合いが良いとは言えず、会計士として順調だったこともあって、尚史は父の会社を継ぐつもりはなかった。

だが父の死からしばらく経つと、彼が何より愛した会社をこのまま潰《つぶ》してしまうことが、日を追って忍《しの》びなくなってきた。

柏樹建設は父が身ひとつで興《おこ》した会社で、ひとり息子《むすこ》の尚史以外に継ぐべき筋の人間もいない。父の右腕《みぎうで》だった青木に会社を譲《ゆず》ることも考えたのだが、「自分は職人で、経営には不向きです」と断られてしまった。

ひと月ほど悩《なや》んだ末に覚悟《かくご》を決め、会計事務所に辞表を出した。そうしていざ柏樹建設の社長の椅子《いす》に座ってみると、会社の経営は決して安定したものではなかった。

抱えている職人の腕が良く、業界でも「仕事が確実」と評価は高いのだが、社長の父が仕事を選ぶ人だったために、材料費や職人の賃金、社員の給料を差し引くと、ほとんど利益の出ない自転車操業。

建築・施工《せこう》業は景気や天候に左右される業界だ。このままではいつまで経っても貯《たくわ》えができず、いざ社員が年を取って働けなくなった時に退職金も支払《しはら》えない。

経営体制を立て直すためには、従来のやり方を変えざるを得なかった。

利益が出る確実な物件しか引き受けないという尚史の方針が功を奏してか、ここ最近の経営はかなり順調だが……。

パソコン上の見積もりフォーマットに数字を打ち込んでいると、ふたたび外線が鳴り始めた。

ややあってまた「社長」と呼ばれる。

「外線一番に、塚原《つかはら》さんという男性の方からです」

受話器に伸ばしかけていた尚史の手が、ぴくりと揺《ゆ》れる。

――塚原？

（って……まさか、あの塚原新也《しんや》？）

とっさに思い浮《う》かべてしまったのは、今朝電車の中吊《なかづ》り広告でその名前を見たばかりだったからだ。ビジネス系男性誌の広告で、『日本が誇《ほこ》る才能――建築界の若き帝王《ていおう》』というショルダーコピーがその名前の横に並んでいた。どうやら巻頭にインタビューが載《の》っているらしい。

塚原新也は、今をときめく気鋭《きえい》の若手建築家だ。年齢《ねんれい》はたしか三十代後半。

三十代後半にして若手というのも妙《みょう》な話だが、建築の世界では充分《じゅうぶん》に若い部類に属する。七十を優に過ぎた御大《おんたい》が幅《はば》を利《き》かせる業界において、若手の塚原の活躍《かつやく》は異色とも言えるものだった。

彼の名声はまず海外からもたらされた。ヨーロッパの権威《けんい》ある賞を取ったことで知名度が一気に上がり、最近は一般誌《いっぱんし》でも頻繁《ひんぱん》に彼の特集が組まれている。

世界を相手にしたグローバルな活躍。希有《けう》な才能。日本人ばなれした立派な体格と男らしく精悍《せいかん》な貌《かお》。知的でいて野性的な雰囲気《ふんいき》も併《あわ》せ持《も》つ一流の男。

何度か雑誌で見かけた煽《あお》りが脳裏《のうり》に還《かえ》る――。

本当にその塚原新也なのか？

「お電話代わりました。柏樹です」

半信半疑で受話器を耳に当て、電話口に名乗った。

『柏樹尚史くんか？』

耳に心地《ここち》よい低音がフルネームを確認してくる。

「はい、私が柏樹です」

『塚原建築事務所の塚原だ』

（本物！）

どきっと心臓が撥《は》ねる。あわてて受話器を持ち直した。

「大変ご無沙汰《ぶさた》しております」

内心はかなり動揺《どうよう》しつつも、尚史は努めて平静な声を出した。

「……生前は父がお世話になりました」

亡《な》き父と塚原が、まだ塚原が無名だった時代からの旧知の仲であることは知っていた。柏樹建設はかつて、塚原建築事務所の施工を数多く手がけていたからだ。

「過日は父の葬儀《そうぎ》にご参列いただきまして……」

『早速《さっそく》だが今日は、新社長であるきみに仕事を頼《たの》みたいと思って電話をした』

単刀直入、挨拶《あいさつ》も社交辞令も雑談もなく、いきなり用件を切り出してきた男に、尚史は柳《りゅう》眉《び》をひそめる。

『できれば明日、打ち合わせがしたい。こっちは午後の三時なら時間が取れるんだが』

有無《うむ》を言わせぬ口調で継がれ、あわててパソコン上のスケジュール表を開いた。

「明日の午後の三時……ですね。大丈夫《だいじょうぶ》です。西麻布《あざぶ》の事務所にお伺《うかが》いすればよろしいでしょうか。はい、場所はわかると思います。――では、明日の三時にお伺いします」

電話を切ると同時に、緊張《きんちょう》から解放された尚史の唇《くちびる》から、はーっと大きなため息が漏《も》れる。

デスクに肘《ひじ》をつき、尚史は眼鏡《めがね》のブリッジを押し上げた。

（まいったな……）

高名な建築家から仕事の依頼《いらい》があれば、普通《ふつう》は喜ぶものなのかもしれない。しかし尚史にとっては全く以《もっ》てありがたくも嬉《うれ》しくもなかった。

塚原新也が仕事に関して妥協《だきょう》を一切《いっさい》許さない厳しい男だと、かつて彼と現場を共にした青木から聞いていたからだ。

仕事がない時期ならまだしも、先日大手デベロッパーから下請《したう》けの打診《だしん》があったばかりだ。建売住宅は組み立てるだけの単調な作業ではあるが、数が多い分、こっちのほうが確実な儲《もう》けになる。

尚史にとって建築の仕事はどれも同じに思えたし、実際に二年ほど現場に携《たずさ》わった今でも、敢《あ》えて大変な物件ばかり選んだ父の気持ちは理解できなかった。

利益優先のやり方に、職人気質《かたぎ》の社員たちが不満を感じていることは薄々《うすうす》察していたが、最終的には自分の方針で良かったと思ってもらえる自信もあった。

（それにしても、なんだって今頃《いまごろ》になって……）

かつて仕事で組んだといっても、それは塚原がまだ駆《か》け出しで、個人住宅などを手がけていた時代の話だ。ここ数年の塚原の仕事は、美術館や大型ホテルなどプロジェクトの規模も予算も大きく、とても柏樹建設のような小さな会社で請け負える規模ではなかった。

だからもう、関《かか》わることはないと思っていたのに……。

できることなら面倒《めんどう》で手がかかる仕事はすべて断りたい。しかし、それを実行するのは難しかった。

なぜなら——。

『塚原氏の依頼はすべて受けること』

それが、父のたったひとつの遺言《ゆいごん》だったからだ。


父は職人あがりの無口な男だった。

とにかく仕事一筋で、あまり家庭を顧《かえり》みなかった。今、過去を振《ふ》り返っても、一家団欒《だんらん》の思い出はほとんどない。

尚史が幼い頃《ころ》、両親は離婚《りこん》しているが、それもどうやら母のほうが別に男を作って逃《に》げたらしい。

着物が似合う美人だったという母親似の自分の顔が、尚史は嫌《きら》いだった。

細面《ほそおもて》に尖《とが》り気味の小さな顎《あご》。神経質そうな眉《まゆ》、細い鼻梁《びりょう》と薄《うす》い唇。目尻《めじり》が少しだけ吊《つ》り上がった、切れ長の双眸《そうぼう》。瞳《ひとみ》の色も肌《はだ》の色も色素が薄い。子供の頃はよく『オトコオンナ』とからかわれた。

そういった容姿のせいなのか、幼少時から、同性である男に性的ないたずらを受けることが多かった。見ず知らずの男にいきなり抱《だ》きつかれたり、触《さわ》られたり、キスをされたり。思いっきり暴れて逃げたので、幸い大事に至ることはなかったが。

そういった男たちへの嫌悪《けんお》と自分の容姿へのコンプレックスとが相まって、気がつくと尚史は極端《きょくたん》に愛想《あいそ》のない子供になっていた。内向的というのとは少し違《ちが》うが、警戒心《けいかいしん》の強い、にこりとも笑わない子供になった。視力は悪くないのに中学から眼鏡をかけ始めたのも、母親似の女顔を少しでも隠《かく》したかったからだ。

ところが、あれほど『自分を性的な目で見る男』を嫌悪していたくせに、思春期になって性的興奮を覚えた相手は、同性である男だった。

自覚した当初はさすがにショックで、半年程《ほど》は鬱《うつ》うつとし、どうにか異性を愛せないかと悪あがきもしたが、結局、つきあった女の子を傷つける結果に終わった。

もはや、こればかりはどうしようもない。開き直り半分、諦《あきら》め半分、ほどなく特殊《とくしゅ》なセクシャル・アイデンティティを受け入れる覚悟《かくご》も決まった。さすがに、ただひとりの肉親である父にカミングアウトする勇気は持てなかったが。

大学入学と同時に家を出たあとは、滅多《めった》に実家に近寄らず、そのため父の病気にも気がつかなかった。——振《ふ》り返れば、ずいぶんと親不孝な息子《むすこ》だった。

そういった負い目が、安定した仕事を捨ててまで、父の残した会社の経営へと、自分を駆り立てているのかもしれない。

だがその根底に、父が愛した『もの作り』というものを理解したいという気持ちがあることを、尚史自身、まだ気がついてはいなかった。


翌日、尚史は西麻布にある塚原建築事務所へと足を運んだ。

「……有名建築家に名指しされて、逃げるわけにもいかないじゃないか」

西麻布の交差点から広尾方向へと歩き出しながら、低くひとりごちる。昨日の電話で、過去に幾度《いくど》か組んだ熟練の青木を差し置き、塚原はなぜか尚史を指名してきた。

不安と緊張を抱《かか》えつつも、青木に渡《わた》された地図を頼《たよ》りに目的地へ辿《たど》りつくと、そこにあったのは独特な雰囲気の建物だった。

新緑に囲まれた三階建ての白い箱。

基本外装は白いタイル張《ば》りだが、南方に面した壁《かべ》一面だけは、三十センチ角のガラス・キューブに隙間《すきま》なく覆《おお》われている。日の光を受けてキラキラ輝《かがや》くガラスの箱は、瀟洒《しょうしゃ》な高級住宅街にあってかなり異質だった。

「…………」

たっぷり三十秒ほど、その不思議な建物を眺《なが》める。

塚原自身の設計によるこの事務所も、尚史の父が建設を手がけたという話だった。

(見るからに施工《せこう》が面倒で大変そうだな)

そんな無粋《ぶすい》な感想を持ってから、エントランスをくぐる。玄関《げんかん》までのアプローチは十メートルほど。その十メートルを歩いて玄関のドアの前に立ち、『塚原建築事務所』と彫《ほ》られたステンレスのプレートを確認した。ブザーを押して待つと、しばらくしてドアが開く。

「はい」

顔を出したジーンズ姿の若者に尚史は告げた。

「三時に塚原さんとお約束しております、柏樹建設の柏樹です」

「お待ちしてました。――そのまま室内へお上がりください」

彼の指示どおり、靴《くつ》のままで中へ入った。

先に立つ青年の背中を追い、飾《かざ》り気《け》のないシンプルな廊下《ろうか》を進んで内扉を抜《ぬ》けたとたん、出し抜けに視界が明るくなって驚《おどろ》く。

「…………っ」

とっさに頭上を振り仰《あお》ぎ、天井《てんじょう》に屋根がないことに気がついた。――いや、正確にはないわけではなく、ガラスが塡《は》め込まれている。そのガラスの天井から自然の陽光が燦々《さんさん》と降り注ぎ、さらには例のガラス・キューブの面からも、木漏《こも》れ日《び》が差し込む。

自然光に輝く真っ白な室内は、天井までの吹《ふ》き抜け構造になっていた。空間を活《い》かしたなんとも贅沢《ぜいたく》な造りだ。二階部分にはロフトスペースがあり、その壁が一面、天井までの書架《しょか》になっている。

（ものすごい数の本だ）

部屋の壁の半分をびっしりと覆う蔵書には、ただただ圧倒《あっとう》された。だが圧迫感《あっぱくかん》を感じないのは、やはり吹き抜けの効果だろう。

思わず目を見開いて立ち尽《つ》くしていると、ジーンズの青年が、「こちらです」と部屋の一角へと誘《いざな》った。打ち合わせ用らしきテーブルを指し示し、黒い革《かわ》の椅子《いす》を勧《すす》められる。

「ここでしばらくお待ちください」

椅子に腰《こし》を下ろした尚史は、青年が立ち去ったあとで、室内をしげしげと見回した。

吹き抜けの空間は磨《す》りガラスのパーティションで仕切られている。そのパーティションの隙間から、スタッフが忙《いそが》しく立ち働いている姿が垣間見《かいまみ》えた。スチレンボードで模型を作る男性スタッフ、図面を広げて協議している三、四人の集団、コンピュータの画面に向かってひたすらマウスを動かしている女性スタッフ。

尚史が待っている間、ひっきりなしに電話のベルが鳴る。時折、怒鳴《どな》り声も聞こえてくる。耳に届く断片的な言葉から察するに、どうやら塚原の声のようだ。厳しい男だという噂《うわさ》は本当らしい。

　これは相当に覚悟してかからないといけない。

　そう思って身を引き締《し》めた時だった。

　せっかちな足音と共に誰《だれ》かが近づいてくる気配がして、仕切りの陰《かげ》から不意に長身の男が姿を現す。

（――！）

　現れた瞬間《しゅんかん》から、塚原新也は独特なオーラを放っていた。

　対峙《たいじ》する者を漏《も》れなく萎縮《いしゅく》させる、威圧《いあつ》的な雰囲気《ふんいき》。

　見上げるような長身だ。肩幅《かたはば》はがっちり広く、胸板《むないた》は厚く張りつめ、これならば海外においても見劣《みおと》りしないだろうと納得《なっとく》するほどに体格がいい。上質な素材のシャツの上に、濃《こ》い茶色のジャケットを羽織っており、第二ボタンまで開いたシャツの胸許《むなもと》から、骨太の鎖骨《さこつ》と浅黒い肌が覗《のぞ》いていた。

　三十代後半と聞いていたが、まさに今、男として脂《あぶら》が乗りきっているといったところか。

　強《こわ》そうな黒髪《くろかみ》と浅黒い肌。高い鼻梁、太い眉の下の鋭《するど》い眼光。傲慢《ごうまん》そうに引き結んだ肉感的な唇《くちびる》。才能と器量に恵《めぐ》まれ、自信に満ち溢《あふ》れた――いかにも建築業界の若き『帝王《ていおう》』といった風貌《ふうぼう》だ。

　圧倒されつつ、目の前の男を観察していて、ふと褐色《かっしょく》の瞳と視線がかち合った。

（……あ）

必要以上に相手を凝視《ぎょうし》してしまったことに気づき、あわてて椅子を引いて立ち上がる。尚史が名刺《めいし》を差し出すより早く、張りのある美声が言った。

「きみが二代目か」

「柏樹建設の——柏樹です」

父の葬儀《そうぎ》の席で顔は合わせているが、面と向かって話をするのはこれが初めてだ。「初めまして」とつけ加えるべきなのか迷っていると、大きな手が伸《の》びてきて名刺を取り上げられた。

だが、受け取った名刺に目をくれたのはほんの一瞬《いっしゅん》。一瞥《いちべつ》するや、すぐに男は尚史に視線を戻《もど》した。何かを見定めるような厳しい眼差《まなざ》しで、まっすぐ見下ろしてくる。

「…………」

百七十七センチの尚史より、さらに十センチ近く目線が高いから、百八十五、六はあるだろう。ただでさえものすごい威圧感を発している男に、頭上から値踏みするような視線を向けられて、背中にじっとりと嫌《いや》な汗《あせ》が滲《にじ》んでくる。

（なんなんだ？）

顔だけでなく、全身をつぶさに品定めするような不躾《ぶしつけ》な視線に晒《さら》された尚史は、眼鏡《めがね》の陰で困惑《こんわく》を深めた。

無表情には自信があるが、さすがにここまでじろじろと眺められると居心地《いごこち》が悪い。

ネクタイ、曲がってないよな。髪《かみ》——大丈夫《だいじょうぶ》だ、出掛《でが》けに念入りに撫《な》でつけてきた。そうしないとコシのない髪質のせいですぐ顔にかかって……。

「現場監督《かんとく》というよりは、どこぞのエリートといった風貌だな」

突然《とつぜん》落ちてきた嫌みな口調に視線を跳《は》ね上げる。不機嫌《ふきげん》そうな男の目に、かすかな失望の色を見て取り、尚史はいよいよ混乱した。

スーツにネクタイという格好が悪かった？

施工会社らしく作業服を着てこいとでも？

理由を探《さぐ》るうちに、横柄《おうへい》な男に対して、小さな苛立《いらだ》ちが込み上げてくる。しかしだからといって不快感をあらわにしていい相手ではなかった。

相手は天下の塚原新也だ。敵に回せば厄介《やっかい》なことになる。

（落ち着け）

懸命《けんめい》に平静を装う尚史の前で、塚原が無造作に椅子を引き、どっかりと腰を下ろした。ぞんざいな手振《てぶ》りで尚史にも着席を促《うなが》す。尚史が座るなり、用件を切り出してきた。

「早速依頼《さっそくいらい》の件だが」

椅子の背にもたれ、長い脚《あし》をゆったりと組んだ男が、ジャケットの胸許から何かを抜き出す。机上《きじょう》に載ったのは一枚の写真だった。伸び放題の雑草に埋《う》もれた空き地が写っている。

「ここに私の設計による建築物を建ててもらいたい」

自分の依頼は受けて当然といった物言いのあとで、塚原は畳《たた》み掛《か》けるように言った。

「竣工《しゅんこう》は七月いっぱいを目処《めど》に」

「七月いっぱい……」

となると三ヵ月しかない。ずいぶんと急な話だ。

尚史がうっすら眉《まゆ》をひそめていると、今度は写真の横に、少し黄ばんだ紙が置かれる。

肌理《きめ》の粗《あら》いその洋紙には、ラフなタッチでスケッチがいくつか描《えが》かれていた。

一見して——正方形の箱型。

それぞれの壁に縦長のスリットが入っている。四つあるうちのひとつの角だけが接しておらず、直角に折れ曲がった面が、隣接《りんせつ》面の三分の一ほどを巻き込む形となっていた。どうやらその二面が重なってできる細い隙間が、箱に入るためのエントランスであるらしい。天井には十字の切れ目が入っている。

なんだろう？　住宅じゃないし……。

スケッチを無言で見つめる尚史に、けれど塚原はそれ以上の説明はせず、代わりに素材について言及《げんきゅう》した。

「コンクリートでいこうと思っている」

「打ちっぱなしですか」

打ちっぱなしとは、コンクリートをそのまま外装に活かした工法だ。それならコストも安いし、あまり手間がかからないかもしれない。気の進まない依頼に一縷《いちる》の希望を見出した時だった。

「実は予算があまりない」

何より危惧《きぐ》していた件をずばりと言われ、腹の中で思わず舌を打つ。

「……実際のところ、どの程度ですか」

おそるおそる伺《うかが》いを立てると、予想以上に厳しい数字を提示された。

「五百万」

「五百!?」

(冗談《じょうだん》だろ?)

いくらコンクリート打ちっぱなしだって、それじゃあ材料費しか出ない。

「申し訳ありませんが、その金額では引き受けることはできません」

迷うまでもなく断りが口をついて出た直後、塚原が双眸《そうぼう》をすっと細めた。鋭い眼光で射貫かれて、ひそかに息を呑《の》む。

「きちんと見積もる前に断るのか」

たしかに少し乱暴だったかもしれない。できれば断りたい気持ちが、つい先走ってしまった。

眼鏡のブリッジを中指で押し上げつつ、尚史は素直《すなお》に謝罪した。

「失礼しました。ただ……ここのところ仕事が少々立て込んでおりまして」

他《ほか》にも依頼があって忙《いそが》しいのだと暗にほのめかしたつもりだったが、塚原には通じなかった。

「大体のところを見積もってくれ。それによって予算は検討する」

あっさり譲歩《じょうほ》されて、かなりがっかりする。

いっそ譲《ゆず》らないでいてくれれば、父親の遺言《ゆいごん》に叛《そむ》く理由ができたのに……。

たとえ最終的に予算が見合ったとしても、この傲慢男と組むことになるのかと思っただけで気が滅入《めい》る。

「なぜ、うちなんです？」

気がつくと、心の声が恨《うら》みがましい言葉となって零《こぼ》れ落ちていた。

「塚原さんほどの御方《おかた》なら、ノーギャラでも喜んで引き受ける大手ゼネコンがいくらでもあるのではありませんか」

「たしかに大手でないと難しい物件もある」

肯定《こうてい》した塚原が、おもむろに腕《うで》を組む。

「実のところ、ここしばらくは大型のプロジェクトが続いていて、きみの会社と組む機会がなかった。だが基本的に俺は、自分の個人的な仕事が任せられるのは柏樹建設だけだと思っている」

そう言われてもうれしくはなかった。

「有り難《がた》いお言葉ですが、ご存じのように小さな会社ですので、キャパシティが限られておりましてや……」

自信のなさも手伝って渋《しぶ》る尚史に、頑丈《がんじょう》そうな顎《あご》をわずかばかり反らした男が、肉感的な唇から低音を発した。

「新しい社長になってから、柏樹建設は社員の志気が下がって仕事の質も落ちた――と言われているのを知っているか？」

思わず両肩《りょうかた》が揺《ゆ》れる。顔を跳ね上げ、虫けらでも見るような冷ややかな眼差しと目が合った。

「……………っ」

膝《ひざ》の上の拳《こぶし》を握《にぎ》り、奥歯をぐっと噛《か》み締《し》める。

芸術家然として人を見下すこういったタイプが、尚史は一番嫌《きら》いだった。横柄な物言いといい不躾な態度といい、顔を合わせた時から苦手意識はあったが、この一言で決定的になった。

（……嫌な男だ）

親父《おやじ》の遺言がなかったら、今すぐにでも席を立つのに――。

「どう言われようと結構です。所詮《しょせん》、私にはもの作りの醍醐味《だいごみ》はわからない」

腹の底のざわめきを抑《おさ》え、わざと抑揚《よくよう》のない声を紡《つむ》ぐ。すると塚原が片方の眉を持ち上げた。

「開き直っていないで少しはわかろうと努力してみたらどうだ？　先代はチャレンジする前から無理だとは決して口にしなかったぞ」

その瞬間《しゅんかん》、先程《ほど》の男の失望の意味がわかった。

比べられていたのだ。――死んだ父と。

気がつくと同時に、カッと頭に血が上った。

「私は……父とは違《ちが》います」

目の前の男の唇《くちびる》が嫌《いや》みっぽく歪《ゆが》む。

「たしかに違うな。彼はきみと違ってもの作りの心を持っていた」

その皮肉を耳にした刹那《せつな》、自分でもびっくりするような大声が飛び出していた。

「勝手に比べないでください！　私には私のやり方があるんだ！」

事務所の中が水を打ったようにシン…と静まり返り、その静寂《せいじゃく》ではっと我に返る。

(何をやってんだ。馬鹿《ばか》)

塚原新也相手に啖呵《たんか》を切るなんて、自分で自分の暴挙にめまいがした。

かといっていまさら引くに引けず、顔色ひとつ変えない強面《こわもて》とテーブルを挟《はさ》んでしばし睨《にら》み合う。

「――ならば」

緊迫《きんぱく》した空気を破るように、塚原がゆっくり口を開いた。

「その『きみなりの仕事』とやらを見せてもらおうか」

ぐっと詰《つ》まる尚史を、厳しい目つきで見据《みす》えたまま、低音が継《つ》ぐ。

「亡《な》くなった親父さんは、ことあるごとにきみを自慢《じまん》していた。自分に似ず出来のいい息子《むすこ》なんだと言ってな」

思いがけない台詞《せりふ》に尚史は瞠目《どうもく》した。

あの父が自分を自慢していた？

成人してからは、ほとんどまともな交流もなかったのに……。

「だから俺はきみと仕事で組むのを楽しみにしていたんだ」

そう言って、塚原が椅子《いす》の背にもたれかかる。

「その期待を裏切らないで欲しいね」


最後の塚原の『嫌みな念押《ねん》し』をずっしりと肩《かた》に背負いながら、尚史は重い足取りで会社に戻《もど》った。事務所のドアを押し開けると、待ち構えていたように大柄《おおがら》な男が立ち上がる。

「お帰りなさい。お疲《つか》れ様です」

柏樹建設の最年長社員にして頼《たよ》れる棟梁《とうりょう》・青木は、無言で自席に戻る尚史の後ろを、いそいそとついてきた。

「どうでした？」

いかつい顔を突《つ》き出し、小さな目をぱちぱち瞬《しばた》かせる男をちらっと見やる。

天下の塚原新也相手に啖呵を切ってきたとはとても言えず、黙《だま》ってブリーフケースからA4サイズの封筒《ふうとう》を取り出した。その中から例の写真とスケッチのコピーを抜《ぬ》き出して手渡《てわた》す。

「素材はコンクリートだそうだ」

「打ちっぱなしですか」

空き地の写真を一瞥《いちべつ》したあと、コピーに一分ほどじっくり見入った青木が、やがて感嘆《かんたん》めいた声を落とした。

「ああ……塚原さんらしいですねぇ。シンプルで力強くて。どうやら住宅じゃないみたいだけど」

青木の目には、尚史に見えない「何か」が見えているらしい。

「懐《なつ》かしいなぁ。最近は大型で複雑な物件ばかり手がけているけど、塚原新也の原点は、やはりこういったシンプルな箱ものですよね。うーん。でもこのスリットはクセモノだな」

口ではぼやきながらも、妙《みょう》にうれしそうなその顔を見て、複雑な気分になった。

父の葬儀《そうぎ》の夜、会社を継いで欲しいと尚史に頭を下げてきたのは、柏樹建設の事実上の親方である青木だ。

そのせいか、青木は尚史のやり方に何ひとつ文句を言わなかった。自ら率先《そっせん》して建売物件の陣頭《じんとう》指揮に当たり、他の社員の不平不満なども抑え込んでいるようだ。

どっしり重量級の体型そのままに、普段《ふだん》は何事にも動じないその青木が、昨夜からやけに浮《う》き足立《あしだ》っている。

「概算《がいさん》の見積もりを出すんだが……」

「コンクリートなら材料費はそうかからないけど、塚原さんの仕事は細部に気を遣《つか》うんで、職人の頭数が必要ですね。それも質のいいのを揃《そろ》えないと。――それと、この切れ込み部分を支えるために鉄骨がけっこうかかるな。技術的に一番神経を使うのはスリットと、あとは天井と壁《かべ》の接合ですかねぇ」

弾《はず》んだ青木の声を聞いているだけで、先の苦労が偲ばれてうんざりとする。

それでも尚史は、その日深夜近くまで青木と頭をつき合わせて、今の段階でわかる概算を弾《はじ》き出した。

死ぬほど気の進まない仕事ではあったが、だからといってこのままあの嫌みな男から尻尾《しっぽ》を巻いて逃《に》げるのは、やはりどうしても悔《くや》しかったのだ。


その翌日の午後だった。

「尚史？　ぼくだよ」

事務所に鳴り響《ひび》く電話を自分で取った尚史は、回線越《ご》しに聞き覚えのある声が届くなり、嘆《たん》息《そく》を零《こぼ》した。

「……高倉《たかくら》さん」

たまたまタイミングよく社員は出払《ではら》っていたが、反射的に声をひそめて囁《ささや》く。

「困ります。会社には電話しないでくださいとあれほど」

「だってここに電話しないと、きみ、摑《つか》まらないじゃない」

広告代理店に勤める高倉とは、二年前まで恋人としてつきあっていた。

「携帯《けいたい》も自宅も留守電になっていて、メッセージを残しても返してくれないじゃないか」

駄々《だだ》っ子《こ》みたいな物言いに、いよいよ眉間《みけん》の皺《しわ》が深まっていく。

必要以上に整った顔立ちのせいか、尚史は男によくもてた。しかし、悲しいかな男運はなかった。

初めは「きちんと道理をわきまえた大人の男」のはずだった相手が、つきあっていくうちにだんだんとおかしくなっていくのだ。

常軌《じょうき》を逸《いっ》した嫉妬《しっと》と独占欲《どくせんよく》に振《ふ》り回され、心身共に疲れ果て、最後はいつも尚史のほうから別れを切り出すはめになる。

クールで禁欲的な普段の顔と、眼鏡《めがね》を外したあとの扇情《せんじょう》的な美貌《びぼう》のギャップが男を狂《くる》わせるのだ——そんなことを言ったのはどの男だったか。

今度こそ、という希望も儚《はかな》く、高倉も過去の男たちと同じ道を辿《たど》り、父の死のあとのごたごたなども重なって、例によって尚史のほうから別れた。現実問題、会社の舵取《かじと》りに精一杯《せいいっぱい》で、誰《だれ》かとつきあうような時間の余裕《よゆう》はなかったのだ。

だが、いまだに諦《あきら》め悪く復縁《ふくえん》を迫《せま》ってくる。

自分にはその気はないと何度も断ったのに、会社にまで電話してくる高倉にさすがにうんざりした尚史は、今度こそはっきり引導を渡《わた》すつもりで本人と会うことを決めた。場所は、高倉の提案で西麻布になった。「近くにおいしいイタリアンがあるんだ」と言われたが、食事につきあうつもりはなかった。その気もないのに、期待させるような真似《まね》はできない。

「では——今夜七時に」

待ち合わせ場所と時間を決めて、尚史は電話を切った。

「尚史！」

ほぼ一年ぶりに会った男は、尚史の顔を見るなり、うれしそうに破顔した。

「ひさしぶりだね。この前の時は偶然渋谷《ぐうぜんしぶや》でばったり会って、立ち話しただけだったから、こんなふうにちゃんと待ち合わせて会うのは実に二年ぶりか」

「…………」

「ああ、でもきみは全然変わっていないよ」

じっと熱っぽい視線を向けてくる男から、つと視線を逸《そ》らす。

「電話でも話したけど、すぐ近くに美味《おい》しいリストランテがあるんだ。まずは食事でもしながら積もる話を……」

高倉の誘《さそ》いに尚史は首を横に振った。

「食事はしません」

「なんだ……食べてきたの？」

がっかりした声を出した高倉が、だがすぐに立ち直りも早く笑顔《えがお》を見せる。

「じゃあ、お茶にしようか。新しくできたカフェがなかなかいい感じなんだ。ちょっと歩くけどいいかな」

人波を縫《ぬ》って歩き出す——どこか浮き足だった様子の男とは裏腹に、尚史の気持ちは重かった。できれば店にも入りたくない。向かい合って、男の期待に満ちた顔を見るのは気が進まなかった。

一秒でも早くケリをつけたい気持ちに圧《お》され、前を行く男に話しかける。

「今日は、これで本当に最後のつもりでお会いしたんです」

右前方を歩いていた長身が、ぴたりと足を止めた。くるっと振り返る。

「最後？」

怪訝《けげん》そうな顔を見上げ、尚史は敢《あ》えて淡々《たんたん》とした口調で告げた。

「高倉さん——この二年間、何度も申し上げたはずです。もう別れたのだから電話はしないでくださいと」

「尚史……でも」

「会社に電話をされるのは非常に迷惑《めいわく》です。仕事に支障をきたします。私はあなたと復縁するつもりはありません」

揺《ゆ》るぎない声できっぱり言い切ると、男の端整《たんせい》な顔がきゅっと引きつる。

「これ以上、仕事場に電話をしてくるようなら、法的手段に訴《うった》えることも考え…」

言葉の途中《とちゅう》で、突然《とつぜん》、ぐっと腕《うで》を摑まれた。

「高倉さん？」

面食《めんく》らっている間にすごい力で引っ張られ、引きずられるようにして路地裏へ連れ込まれる。

「何す……放してくださいっ」

男の手から逃《のが》れようと、尚史は懸命《けんめい》に身を捩《よじ》った。だが体格で勝《まさ》る男の、本気の力には敵《かな》わない。二の腕をきつく摑まれたままじわじわと押され、ついに壁際《かべぎわ》まで追い込まれた。

どんっ。

手荒《てあら》くコンクリートの壁に背中を押しつけられ、その反動で細いフレームの眼鏡が一瞬《いっしゅん》浮く。

「尚史……別れたくない」

首筋に落ちる、切羽詰《せっぱつ》まったしゃがれ声。

至近距離《きょり》の男の唇《くちびる》は色を失い、小刻みに震《ふる》えていた。ただその双眸《そうぼう》だけが、薄闇《うすやみ》の中でもぎらぎらと仄暗《ほのぐら》い光を放っている。明らかに様子のおかしい相手に尚史は困惑《こんわく》した。

どちらかというと、温厚《おんこう》でやさしい男のはずだった。嫉妬深《しっとぶか》く独占欲は強かったが、それでも自分がつきあっていた頃《ころ》は、それなりに分別があった。いくら人気のない路地裏とはいえ、こんな大人げない真似をする人じゃなかった。

柳眉《りゅうび》をひそめつつも、尚史は努めて冷静に、男の思い違《ちが》いを正そうとした。

「別れたくないとおっしゃいますが、現実に私たちは二年前に切れているわけで…」

「別れたくないんだ！」

言葉尻《ことばじり》を奪《うば》うように大声で叫《さけ》んだかと思うと、いきなり男の顔が覆《おお》い被《かぶ》さってきた。顎《あご》を摑まれ、唇を無理矢理《むりやり》に奪われる。

「っ……んっ」

がむしゃらに吸いついてくる、ねっとりとした唇の感触《かんしょく》に背筋を怖気《おぞけ》が走った。たとえかつて恋人《こいびと》だった相手でも、嫌《いや》なものは嫌だ。

食いしばった歯列を、焦《じ》れた男がこじ開けようとする。

「むっ、ぅ、んっ」

口腔《こうこう》内に押し入ろうとする舌を懸命に拒《こば》みながら、攻防《こうぼう》の隙《すき》を縫って、尚史は男の脛《すね》を蹴《け》り上げた。

「痛っ」

悲鳴が聞こえ、男の拘束《こうそく》が緩《ゆる》むやいなや、力任せに突《つ》き飛ばす。すばやく身を躱《かわ》して、元恋人から充分《じゅうぶん》な距離を取る。はぁはぁと肩《かた》で息をしつつ、尚史は目の前の男を睨《にら》みつけた。

「……これ以上何かしたら警察を呼びますよ」

冷ややかに告げたとたん、男の表情が冷水を浴びたように強《こわ》ばる。

「……尚……」

「私は本気です」

声音《こわね》から、まさしく「本気」だと覚《さと》ったのだろう。男の顔がくしゃりと歪《ゆが》んだ。今までにない激しい拒絶《きょぜつ》に衝撃《しょうげき》を受けたようだ。

「…………」

男が弱々しく項垂《うなだ》れる。その意気《いき》消沈《しょうちん》した様を厳しく見据《みす》え、尚史は細い息を吐《は》いた。

頭に血が上っていたようだが、一流企業《きぎょう》に勤め、それなりの地位もある男だ。警察を持ち出されてまで、これ以上の無茶《むちゃ》はしないだろう。

しかし、安堵《あんど》も一瞬《いっしゅん》。

「…………っ」

背中に何者かの視線を感じた尚史は、ぴくっと肩を揺らした。直後、ゆるゆると振り返る。視線の数メートル先――自分たちが立つ路地と表通りとの接点――そこにひとつの大柄《おおがら》なシルエットが立っている。

男同士の愁嘆場《しゅうたんば》を、高級外車の横に佇《たたず》み、冷めたような傲慢《ごうまん》な眼差《まなざ》しで眺《なが》めている男。

じわりと目を細め、男の顔を見つめる。逆光でもディテールがわかる彫《ほ》りの深い顔立ちを認めた刹那《せつな》、尚史は全身の血の気が引くのを感じた。

（塚原…さん？）

よりによって塚原新也に見られた！

いつから？

突き飛ばしたところから？

それとも……キスから？

熱を持って白く霞《かす》んだ脳裏《のうり》に次々と疑問が湧《わ》き上がる。

何か……何か言わなければ。何か上手《うま》い言い訳を……。

だが、もしキスシーンを見られてしまったのならば、誤魔化《ごまか》しようもない。言葉で取り繕《つくろ》ったところで、男とキスをしていたという事実は消せない。

どこからどう見てもゲイカップルの痴情《ちじょう》のもつれ……。

汗《あせ》で濡《ぬ》れた両手を握《にぎ》り締《し》めて硬直《こうちょく》していると、長身の偉丈夫《いじょうふ》が踵《きびす》を返した。

わずかな動揺《どうよう》も感じられない足取りでゆっくり道を横切り、レストランらしき石造りの建物の中へ入っていく。

立ち尽《つ》くした尚史は、一顧《いっこ》だにしない大きな背中を、ただ呆然《ぼうぜん》と見送ることしかできなかった。

よりによって今、一番隙を見せたくない相手に、これ以上ない最悪の醜態《しゅうたい》を晒《さら》してしまった……。

2

塚原に高倉とのキスシーンを見られてからあとのことは、あまりよく覚えていない。

悄然《しょうぜん》と項垂れる高倉に「二度と電話はしないでください」と釘《くぎ》を刺《さ》して別れ、自宅になんとか戻《もど》ったものの、ソファにへたり込んだ尚史は少しの間動けなかった。スーツを脱《ぬ》ぐどころかネクタイを緩める気力も湧かない。

仕事相手に自分の性癖《せいへき》がばれた。

しばらくしてショック状態が過ぎると、今度は焦燥《しょうそう》がじわじわと込み上げてくる。

塚原はどうするだろう。

ゲイが担当などとんでもないと担当替《が》えを要求してくるか。それともそもそも依頼《いらい》自体がなくなるか。それはそれで構わないが、もし、このことを業界に広められたら……。

たしかに嫌なやつではあったが、わざわざ人の秘密を吹聴《ふいちょう》して回るような狭量《きょうりょう》な男には見えなかった。——そう自分を宥《なだ》めてみても、完全に不安は払拭《ふっしょく》しきれない。

悶々《もんもん》と考えて、その夜はまんじりともできず、寝不足《ねぶそく》のまま出社した翌朝。

尚史が自分のデスクですっきりしない頭を抱《かか》えていると、当の塚原から電話があった。

「社長、塚原さんです」

その名前を聞いただけで、心臓が今にも口から飛び出そうに跳《は》ね上がる。できることなら居留守を使いたいくらいだったが、社員の手前そうもいかない。

「お電話代わりました……」

何を言われるかと内心びくびくしつつも電話に出ると、塚原の声は先日と変わりなく、用件もいたって簡潔だった。

『模型ができた。見に来てくれ』

例によって有無《うむ》を言わせぬ口調。

模型を見に来い——ということは、依頼自体はなくなっていないということか。さらに担当替えをするつもりもないらしい。

塚原の真意が摑《つか》めないまま、その日の午後、尚史は西麻布の塚原建築事務所に出向いた。

足取り重く二日前と同じ道を歩きながら、途中《とちゅう》で何度も引き返したい衝動《しょうどう》に駆《か》られる。いずれ顔を合わせるなら早いほうがいいと自分に言い聞かせ、なんとか足を動かして、事務所の玄《げん》関《かん》まで辿《たど》り着いた。

「来たな」

尚史を迎《むか》えた塚原の表情は、しごく自然だった。相変わらずにこりともしないが、かといってとりたててこちらを色眼鏡《めがね》で見るような気配もない。昨夜の遭遇《そうぐう》などおくびにも出さない男に、いよいよ混乱が深まる。

敢《あ》えて……不問にするつもりだろうか。

こっそり顔色を窺《うかが》ったが、塚原の浅黒い貌《かお》からは何も読み取れない。仕方なく、こちらも極力無表情を装い、明るい吹《ふ》き抜《ぬ》けの空間へ足を踏《ふ》み入れた。

「こっちへ来てくれ」

今日はジャケットを着ていない塚原が、シャツの袖《そで》を肘《ひじ》まで捲《まく》り上げた褐色《かっしょく》の腕《うで》で招く。前回通された接客スペースではなく、スタッフが働くワーキングスペースだ。

「失礼します」

パーティションの向こうへ足を運んだ尚史は、作業テーブルの脚《あし》元に蹲《うずくま》っていた何か大きなものに躓《つまず》きかけ、たたらを踏んだ。

「……うわっ」

「……ウウッ」

黒い耳が垂れ下がった長い顔の、つぶらな瞳《ひとみ》に見つめられて目を瞠《みは》る。

（犬!?）

「オーギュ。向こうへ行ってろ」

塚原が命令すると、独特な斑紋《はんもん》が散らばる大きな犬がむっくり起き上がった。すれ違《ちが》い様《ざま》に尚史の匂《にお》いをクンクン嗅《か》いたあとで、ブースからのっそり出ていく。息を詰《つ》めて子供ほどの大きさの犬を見送った尚史は、喉《のど》に絡《から》む声で塚原に尋《たず》ねた。

「……なんという犬なんですか？」

「グラン・ブルー・ド・ガスコーニュ。フランス産の獣猟犬《じゅうりょうけん》で、オスの三歳」

「こちらで飼われているんですか」

「日中はな。でかい図体《ずうたい》して寂《さび》しがり屋なんだ」

まじめな顔で答えた塚原が、次にペンやカッターが散乱する作業台を視線で指す。

「百分の一スケールだ。とりあえずの原型で、これから細かいところは詰めていくが、予算出しの参考にはなるだろう」

「あ、はい。あの、青木に見せたいので、会社に持ち帰ってもよろしいでしょうか？」

「構わない。今、何か袋《ふくろ》を持ってこさせる」

「すみません」

スタッフの用意してくれた手提《さ》げの紙袋《かみぶくろ》に、スチレンボードの模型を入れ終わるのとほぼ同時に、磨《す》りガラスの向こうから若い声が呼びかけてきた。

「先生、外線三番にパリからお電話です」

手近の電話に手を伸《の》ばした塚原が、ちょっと待っていてくれとジェスチャーで示す。尚史がうなずくなり外線ボタンを押し、流暢《りゅうちょう》な外国語で話し始めた。

英語ではない。パリと言うからにはフランス語だろうか？

話の内容はわからなかったが、口調から察するに、何やらもめ事らしい。

塚原は、中指と親指で形のいい額を支えて、唇《くちびる》を不機嫌《ふきげん》そうに引き結んでいた。時折、硬《かた》そうな髪《かみ》を大きな手で雑に掻《か》き上げる。早口の外国語で指示らしきものを与《あた》えたかと思うと、手近のコピー紙を手荒《てあら》く引き寄せ、何事かを走り書きした。ペンが走るたび、褐色の腕がくっきり筋を刻む。骨張った手首にはまっているのはオーデマ・ピゲだ。

（……本物、初めて見た）

重厚《じゅうこう》かつ優美な時計をこっそり観察していると、電話が終わった。受話器を置くやいなや、メモを摑んだ塚原がブースから歩き出す。だが数歩行って唐突《とうとつ》に振《ふ》り返った。

「帰るなよ。まだ用が残ってるからな」

「あ……はい」

二十分後にブースに戻ってきた時、塚原はジャケットを腕に抱えていた。そのポケットから車のキーを摑み出し、捲った袖を戻しながら告げる。

「ちょっとつきあってくれ」

模型入りの紙袋を提げ、尚史は塚原の大きな背を追った。塚原はいったん外に出て、建物の裏手の階段を下りていく。地下は駐車場《ちゆうしや》になっていた。

最新型のジャガーに近づいていく塚原のあとを追いながら、ふたたび緊張《きんちよう》がぶり返すのを感じる。

ひょっとして、場所を変えて「例のこと」について何か言われるのだろうか。

どこへ行くのかも知らされず、戸惑《とまど》っていると、塚原がキーに内蔵されたリモコンでロックを解除した。運転席に回り込み、ドアを開け、ひとりでさっさと乗り込んでしまう。やがて運転席のサイドウィンドウが下がり、怪訝《けげん》そうな顔が覗《のぞ》いた。

「どうした？　乗れよ」

「……失礼します」

（マイペース男が）

腹の中で毒突《どくづ》きつつ、尚史も助手席のドアを開けて乗り込む。車内は総革《そうがわ》仕様で、インテリアは濃《こ》いグレイに統一されていた。シートの革《かわ》の肌触《はだざわ》りからしてグレードが高そうだ。

車が走り出しても男は何も言わない。どこへ行くとも、何が目的だとも。

塚原が言い出さない以上、尚史のほうから質問するのは、なんとなく憚《はばか》られた。

「…………」

これといった会話もないままに車は順調に進む。三十分ほどが過ぎ、無言の車中に、さすがに気まずいものを感じ始めた頃《ころ》、車は下町へと差しかかった。

小さな町工場が軒《のき》を連ねるごちゃごちゃした町並みと、くねくねとせせこましい路地。世界を舞台《ぶたい》にする男にはおよそ似つかわしくない猥雑《わいざつ》な町のはずれで、ジャガーは停《と》まった。

「降りるぞ」

路肩《ろかた》に車を停めた塚原が、短く言って車から降りる。尚史もあわててあとを追った。

男は大きなストライドで道を横切り、有刺鉄線《ゆうしてっせん》が張り巡《めぐ》らされた空き地の前で足を止めた。

ところどころ小さな花が咲《さ》き、雑草がはびこる平地を黙《だま》って見つめる。

塚原の横に並び、彼と同じように空き地を眺《なが》めて、尚史はふと気がついた。

雑草が伸び放題の五十坪《つぼ》ほどの敷地《しきち》には見覚えがある。

あの写真の土地だ。

塚原の意図がやっとわかった。建築家自らが現地案内をかって出てくれたのだ。

(そうならそうと言ってくれればいいのに)

マイペースな上に致命的《ちめいてき》に言葉が足りない。どうやらこの男と仕事をしていくためには、相当な忍耐力《にんたいりょく》が要《い》りそうだ。

「……あの樹《き》は残したい」

ぽつりと落ちた低いつぶやきに、尚史は眉根《まゆね》を寄せた。

男の視線は、敷地の右手に立つ一本の樹木を捉《とら》えていた。かなり樹齢《じゅれい》のいっていそうな老い木だ。

「それは……難しいですね」

パワーシャベルを入れるにも、樹をいちいち迂回《うかい》するとなるとその分時間がかかる。下手《へた》をすれば、一度樹を別の場所に植え替《か》えておいて工事後元に戻《もど》す——といった面倒《めんどう》な手順を踏むことにもなりかねない。

時間に余裕《よゆう》があるならまだしも、七月竣工《しゅんこう》というタイトな日程でその手間隙《ひま》はきつい。

しかし、塚原は譲《ゆず》らなかった。

「あの樹は残したい」

先程《ほど》の言葉を繰《く》り返す。

「…………」

早速《さっそく》問題がひとつ。この先どれだけの難題が待ち受けているのか。

先を思って零《こぼ》れそうになる嘆息《たんそく》を胸の奥に押し止《とど》め、尚史は言った。

「ひとつ、お尋ねしてもよろしいですか？」

老い木に視線を据《す》えて微動《びどう》だにしない横顔に、思いきって尋ねる。

「なぜ今回、私を指名なさったんですか？　ご存じだと思いますが、私はまだ現場の経験が多くありません。思い入れの深い大切な物件ならばなおのこと、ベテランの青木に任せるほうが確実で安心ではありませんか？」

鋭《するど》い一瞥《いちべつ》がきた。

「自信がないのか？」

「そうじゃありません」

むっとして言い返すと、わずかに目を細める。

「経験値が低くとも、信頼《しんらい》に価《あたい》する人間はいる。要はそいつの本質だ」

「……信頼してくださっているんですか」

意外そうに聞き返して、あっさり「うぬぼれるな」と否定された。

「だが少なくともおまえは逃《に》げなかった。逃げずに食《く》らいついてきた。つまり最低ラインはクリアしたということだ」

尊大な物言いに、奥歯を噛《か》み締《し》める。

「ここから先、それ以上の信頼関係が築けるか否《いな》かは、実際に仕事で組んでみて確かめるしかないだろう」

答えをはぐらかされたのを感じながら、これ以上食い下がるのも気が引けて、質問を変えた。

「もうひとつ質問があります。ここの施主《せしゅ》はどういった方なんですか？」

初回の打ち合わせ時に、須賀滝二《すがたきじ》という名前だけは知らされていたが。

「俺の古い知り合いだ。今は遠くにいるが、すべてを俺に一任している」

深い経緯《けいい》は語るつもりのないらしい男に、仕方なく「そうですか」とうなずく。

海外にでもいるのだろうか。

契約《けいやく》は塚原と交《か》わすので問題はない。

けれど――その人は何を思って、この雑多な町に、住宅でもない建築物を建てることを決めたのか。

塚原の目線をなぞるように老い木に目をやり、ぼんやりと想像してみたが、どうしてもわからなかった。


『あれで結構だ。進めてくれ』

青木と一緒《いっしょ》に現場を測量した尚史が、模型を基《もと》におおまかなコンクリートと鉄骨の量をはじき出してまとめた粗《あら》見積もり。それに対する塚原の返事がきたのは、三日後のことだった。

「わかりました。では工程表の作成と、下請《したう》け業者の発注を進めます」

これで塚原と仕事で組むことが正式に確定してしまった。

一応、父の遺志に叛《そむ》かずに済んだという小さな安堵《あんど》と、先行きに対するいろいろな不安が入り混じった複雑な心境のまま、尚史は受話器を置いた。

会社としては、さほど利益は出ないものの、持ち出しがないことが唯一《ゆいいつ》の救いか。

「見積もり、通ってよかったですね」

心からうれしそうな青木に形だけの笑《え》みで応《こた》えつつ、ともすれば萎《な》えそうな自分を奮い立たせるために、尚史は塚原新也の「いいところ」を探し出してみた。

傲慢《ごうまん》で尊大で横柄《おうへい》なところは脇《わき》に置くとして、ゲイだからといって差別する男ではないようだ。

現場を見に行った日——塚原が西麻布の件について言及《げんきゅう》しなかったことに気がついたのは、車で送ってくれた男と会社の前で別れたあとだった。

どうやらビジネスとプライベートは切り放して考えるタイプらしい。

世界的な建築家にとって、口にするのも汚《けが》らわしい話題だっただけかもしれないが。

それでも仕事で組む以上、相手に偏見《へんけん》がないのはありがたかった。

（とりあえず、やると決まったからには全力を尽《つ》くそう）

そう決めた翌日から、尚史の日常はまさに塚原新也一色に塗《ぬ》り潰《つぶ》されることとなった。

やれ新しいアイディアが浮《う》かんだ、やれ変更《へんこう》したい箇所《かしょ》が出たと言っては、昼夜を問わず、建築家は尚史を呼び出した。おかげでトイレに立つ時まで携帯《けいたい》を持ち歩くようになってしまったほどだ。

今日もまた、出前の蕎麦《そば》が届いた直後に携帯が鳴った。

『三十分後に事務所に来てくれ』

五分で昼食をかき込み、駅までの道を走った。車では時間が読めない。以前、遅刻《ちこく》した業者が門前払《もんぜんばら》いを食らわされている現場に遭遇《そうぐう》したことがある。まさに分刻みのスケジュールで動いている塚原にとって、時間厳守はモラルの基本中の基本なのだろう。

きっかり三十分後、まだ汗《あせ》の引かない状態で、尚史は塚原と向かい合っていた。例によって威圧《いあつ》オーラを漲《みなぎ》らせた強面《こわもて》が、挨拶《あいさつ》もそこそこに無理難題を吹《ふ》っかけてくる。

「縦スリットを開口に？」

四つの壁《かべ》のそれぞれに縦に走る四本の切れ込み、さらに天井の十字の切れ込み、それらすべてを両端《りょうたん》まで完全に貫《つらぬ》き通したいというのが、新たなる要望だった。

「スリットをオープンにすることによって、光の広がりを出したい」

「……なるほど」

新しい模型を見つめてうなずく。

「可能かどうか、現場監督《かんとく》としての意見を聞きたい」

いきなり意見を求められ、答えに窮《きゅう》した。

スリットで完全に断絶した壁と天井を支えるためには、相当数の鉄骨が必要になることは想像がついたが、建築物の命運を左右すると思えば安直なことも言えず、結局、厳しい眼光に晒《さら》されながら屈辱《くつじょく》的な台詞《せりふ》を紡《つむ》ぐ。

「……わかりません」

「わからないじゃないだろう？　俺が知りたいのは可能か否かだ」

低く冷ややかな声に、今度は冷たい汗が脇を伝った。まるで、教師を前にした落ちこぼれの生徒だ。

「難しいとは思うが、できるだけ前向きの回答が欲しい」

「……善処します」

ふたたびダッシュで会社に取って返し、青木を摑《つか》まえた。

「スリットを端《はし》までの開口に？」

「どうしても先生はそうしたいんだそうだ」

苛立《いらだ》ちを抑《おさ》えた尚史の低音に、青木がいかつい顎《あご》をカリカリと指で掻《か》く。

「しかし、そうした場合、耐震《たいしん》性に問題が出てきますよね。下手をすると鉄骨だけじゃ支えきれないかもしれないなぁ」

どうやらベテランの青木にも即答《そくとう》はできないらしいと知って、重い嘆息が零れた。

塚原は自分の手に余る。いっそ青木を担当にと、この数日で何度思ったかしれない。実際口に出してもみたが、やさしい青木にしてはめずらしくきっぱり「自分は他《ほか》の物件で手一杯《いっぱい》です」と断られてしまった。

塚原との仕事をあんなに楽しみにしていたじゃないかと、少し恨《うら》めしい気分で愚痴《ぐち》っても、逆に諭《さと》されてしまう。

「今までは私がサポートにつきましたが、尚史さんもそろそろひとりで現場を仕切っていい頃《ころ》ですよ。塚原さんの現場なら、これ以上ない勉強の場になりますから」

(試練の場の間違《まちが》いだろ?)

青木の言葉に素直《すなお》に納得《なっとく》したわけではなかったが、尚史としても敵前逃亡《とうぼう》は本意ではない。

生来の負けん気も手伝い、帰宅後も深夜遅《おそ》くまで自宅の書庫に籠《こ》もった。

ありがたいことに、父が遺《のこ》した建築関連の資料および書物はちょっとしたライブラリー並みの蔵書で、年代的にも幅広《はばひろ》かった。

ページを捲《めく》りながら、時折余白に父の走り書きを見つけて、病床《びょうしょう》でも常に仕事関係の書物に目を通していた姿を思い出す。ろくな学歴もなかった父だが、向上心だけは最後まで衰《おとろ》えることがなかったと改めて思う。

そんな父親には敵《かな》わないまでも、地道な努力の成果が現れたのか、少しずつだが尚史も塚原の投げる課題に答えを出すことができるようになってきた。何度も何度もアイディアを出し、そのたび「もっと出るだろう」とさらに上を求められる。

そんなやりとりが一週間。

「杭《くい》?」

「はい。地質調査をした結果ですが、地下五メートルの位置に岩盤《がんばん》があるようです。そこまで杭を打ち込んで地盤を補強すれば、耐震性がかなり強化されますから、スリットを開口にすることも可能だと思います」

　自分で起こした簡単な図面を広げて、尚史は説明した。

「杭は何本だ？」

「最少に見積もって四本です」

「角に一本ずつか。コスト的にもさほどの負担はないな」

　塚原は眉根《まゆね》を寄せた思案の表情で、尚史の図面を見下ろしている。実際は一分に満たないその沈黙《ちんもく》が、焦《じ》れったいほどに長く感じられた。審判《しんぱん》を待つ罪人のような気分で、息を詰《つ》め、男の言葉を待つ。

「よし。それでいこう」

　塚原が力強くうなずいた瞬間《しゅんかん》、尚史はぽかんと口を開けてしまった。

「本当にいいんですか？」

　思わず確かめてしまい、太い眉《まゆ》を持ち上げられる。

「何か不満か？」

「い、いいえ。では、こちらの案で進めます」

　そそくさと場を辞し、会社に戻《もど》って自分の席に腰《こし》を落ち着かせた段で、ようやく少し冷静になってくる。

　杭の案を出したあと、塚原はすぐにコストもさほどかからないと言った。ひょっとしたら彼の頭の中には、すでに杭を打つという選択肢《せんたくし》があったのかもしれない。それを自分では口に出さず、こっちが自力で答えを出すのを待っていた——ということか。

まるで『先生』だな。

苦笑《くしょう》が漏《も》れる。

実際は、工事はまだ何も始まっていない。こんな入り口でこれだけ躓《つまず》くようでは、先が思いやられるというものだ。

それでもなんだか気分がいい。

軽い不眠症《ふみんしょう》になるほど散々に頭を悩《なや》ませたけれど、塚原の「よし」の一言で、なぜか疲《つか》れも吹き飛ぶような気がしていた。


意匠《いしょう》設計プランがなんとか固まり、構造設計の段階に入る。担当の豊田《とよだ》は二十代後半の、素《そ》朴《ぼく》な雰囲気《ふんいき》の男だった。

「柏樹さんってすごいですよねー」

塚原が同席している時は一切無駄口《いっさいむだぐち》を叩《たた》かない豊田だが、彼のボスが席を立ち、ふたりきりになると幾分《いくぶん》か口調が砕《くだ》ける。どうやら同年代という気安さがあるらしい。

「はい？」

テーブルの上の資料をまとめていた尚史は、何がすごいのかと眼鏡《めがね》の奥の瞳《ひとみ》を瞬《しばた》かせた。

「うちのボスと対等にやり合える人間は、事務所内にもそういないですよ」

「そんな……対等だなんて」

「普通《ふつう》、業者さんは『塚原新也』というだけで萎縮《いしゆく》して、ほとんど言いなりになっちゃうんですよね。まぁ、あの強面であの押し出しだからそれも無理からぬことなんだけど」

言われてみればたしかに、自分は初めから塚原に対してあまり物怖《ものお》じはしなかった気がする。気に入られたいとか、仕事をもらおうとか、そういった下心がなかったせいかもしれない。

「例の一喝《いっかつ》。いまだ事務所では語り草になってますよ」

「え？」

「ほら、ボスを怒鳴《どな》りつけたあれ」

ひそひそと囁《ささや》かれ、初日の啖呵《たんか》を思い出した尚史は、あわてて言った。

「あ、あのことは忘れてください」

「忘れられませんよぉ。どんな猛者《もさ》かと思って覗《のぞ》いたらすらっと華奢《きゃしゃ》な人で、本当にあの時は驚《おどろ》いたなぁ」

にこにこと豊田が笑う。だがその人懐《ひとなつ》こい笑《え》みが不意に引き締《し》まった。

「うちのボスはクオリティに関しては厳しい人ですけれど、その分他の巨匠《きょしょう》みたいに設計したらあとは現場にお任せっていうのはないんで。完成の最後まで立ち合って、そのあとも建築物が壊《こわ》れて無くなるまで面倒《めんどう》を見るっていうのが、うちのポリシーですから」

はっきりと揺《ゆ》るぎなく言い切る。そのプライドに満ちた顔を、尚史は黙《だま》って見返した。

朝は早くから夜も終電ギリギリまで働いて、休みもろくにない。おまけにあのボスだ。四六時中気を張り、神経の休まる暇《ひま》もないはずだ。それでも、豊田を筆頭にスタッフの顔つきは明るかった。

利益よりもクオリティにこだわり、建築業界の最先端《さいせんたん》を担《にな》っているという自負が、おそらく彼らを支えているのだろう。

事務所を出た尚史は、ふと背後を振《ふ》り返り、五月の陽光に輝《かがや》くガラスの箱を見上げた。

塚原が設計し、亡《な》き父が造り上げた建物。

……きれいだ。

素直にそう思った。

このひと月の間、尚史は仕事の隙《すき》を縫《ぬ》っては都内各地や東京近郊に足を運び、塚原の建築物を可能な限り見て回っていた。

個人住宅も公共の施設《しせつ》も、一目見ただけで塚原の作品とわかる独特のフォルムを持っている。質実剛健《しつじつごうけん》でありながら美しい。

初めは正直ピンとこなかったその完成度の高さが、一ヵ月の修業《しゅぎょう》を経《へ》て、徐々《じょじょ》にだが、わかるようになってきた。

しかし理解するに従い、シンプルだからこそ、美しく仕上げることがいかに困難《こんなん》かということも痛感する。装飾《そうしょく》がない分、ごまかしはきかない。ディテールのひとつひとつに細心の注意を払《はら》わなければならない。

数年経っても角がぴしっと立ち、色褪《いろあ》せることのない建築物を見るたび、いまさらながら父の仕事の確かさを思い知る。

（……すごいよな）

感嘆《かんたん》を胸に尚史は歩き出した。

賞を受けた数々の建築物を創造したのは塚原だが、実際に形にしたのは、父をはじめとした職人たちなのだ。


工程表が完成し、起工式も済み、実際に工事が始まる。

そこからの二ヵ月は、またしても塚原の厳しい要求との闘《たたか》いの日々だった。

塚原の辞書に『妥協《だきょう》』の文字がないことを、改めて思い知らされる。

「やり直し？　初めから全部ですか!?」

基礎《きそ》工事のあとの複雑な鉄骨組みが終わり、コンクリートを流し込むための型枠《かたわく》工事が一段落ついたところだった。もはや日課ともいえる塚原との電話のやりとりの最中《さなか》、尚史は社内の全員が振り返るような大声をあげてしまった。

『今朝現場に立ち寄ってきたが、型枠に隙間があった。あれでは生コンを流し込んだ時に外に流れ出してしまうぞ』

本来なら隠《かく》れてしまうコンクリートの表面が、打ちっぱなしの場合は重要になる。表層に穴や荒《あ》れができると、仕上がりが著《いちじる》しく損《そこ》なわれるからだ。そのため、コンクリートを流し込む前の型枠の精度が大切だという塚原の主張はもっともだった。

『チェックが甘い』

低い叱責《しっせき》に尚史は項垂《うなだ》れた。長年つきあいがあった型枠職人が引退してしまい、若い職人に頼《たの》んだのが仇《あだ》になったようだ。

「申し訳ありません。もちろん隙間は埋《う》めさせます。ただ一からやり直すというのはちょっと時間的に苦しいというか」

六月も終盤《しゅうばん》に近づき、梅雨《つゆ》の合間を縫って工事はぼちぼち進んでいるが、竣工予定日まではひと月を切っていた。濡《ぬ》れた足場は危険なので、雨が降れば工事を中断せざるを得ない。

『継《つ》ぎ目を作るとそこに段差ができるだろう。それが仕上がりに影響《えいきょう》する』

そのこだわりこそが塚原建築の礎《いしずえ》なのだということは、この数ヵ月で尚史にもわかってきている——が、しかし。

「やり直しによって竣工《しゅんこう》が遅《おく》れる危険性もありますが……」

『納期を守るのは仕事の基本じゃないのか』

「……わかりました。なるべく一からやり直す方向で検討してみます」

腹の底のむかつきを堪《こら》え、精一杯《せいいっぱい》前向きな台詞《せりふ》を継いだが、男は容赦《ようしゃ》がなかった。

『なるべくじゃない。確実に直せ』

ブチッと切れた回線に顔をしかめ、ガチャンッと音を立てて受話器を叩き置く。

「くそっ！」

「何か問題ですか？」

振り向くと青木が立っていた。

「せっかく組んだ型枠をもう一度初めからやり直せと言ってきやがった、あの石頭！」

憤《いきどお》る尚史を、青木がまぁまぁと宥《なだ》める。

「私も経験がありますが、本当にちょっとした型枠の歪《ゆが》みで完成時のクオリティが全然違《ちが》うんですよ。時間的にはきついですが、後々のことを考えると今思いきって直しておいたほうがいいと思いますよ」

「だが一週間のロスだぞ？」

腹立ちが収まらず、爪先《つまさき》で机をカツカツと叩いていて、ふと青木の視線を感じた。

「なんだ？」

いかつい顔が小さく微笑《ほほえ》む。

「いや、そんなふうに感情を表に出しているほうが取っつきやすいと思いましてね。――ほら、尚史さんは顔が整っててインテリだから、私らからすると、ちょっと近寄りがたいんですよね」

青木の言葉に虚《きょ》を衝《つ》かれ、尚史はわずかに瞠目《どうもく》した。

「…………」

無意識のうちに、自分が少し変わったのかもしれないと思うのはこんな時だ。

先日も現場で職人にめずらしく話しかけられた。今までの現場では、ずっと遠巻きにされていたのに……。

（だからなんだというわけでもないが）

気を削《そ》がれた尚史は、眼鏡のブリッジを中指で押し上げた。

とにかく直すとなったら一刻も早く、職人に指示を与《あた》えなければ――。

緊急《きんきゅう》の仕事を片付け、取るものも取り敢《あ》えず車で駆《か》けつけると、驚いたことに現場にはすでに塚原がいた。この建築家は海外出張などで忙《いそが》しい合間を縫うように、実にまめに現場に足を運ぶ。

「……塚原さん」

「俺も今来たところだ」

黒ずくめの長身が、尚史には一瞥を寄越して、すぐ職人たちを呼び寄せた。半円状になって自分を取り囲む若者たちに、やり直しの指示を与えたあと、塚原は現物のパネルを手に説明を始める。

「隙間が出たのは市販《しはん》の型枠パネルを信用しすぎたせいだ。JIS規格とはいっても実際には微妙《びみょう》な歪みがある。それを現場で少しずつ調整していくことも、型枠職人の大事な仕事なんだ」

「へー、そうなんか」

若い職人が感嘆の声をあげた。

「最近の親方はそんなことも教えないのか」

「普通《ふつう》の現場じゃそこまでこだわらねぇし」

「覚えておいて損はないぞ。一流の職人を目指すならな」

彼らの前では、男は高名な建築家ではなく、もの作りにこだわる一介《いっかい》の職人のようだった。

「型枠の精度は打ちっぱなしの命だ。おまえたちのこだわりが建築の仕上がりを左右するんだ。頼むから精度にこだわってくれ」

「偉《えら》い先生に頭下げられちゃーなー。んじゃ、こだわるかぁ」

気合いを入れ直して、職人たちが立ち上がる。それぞれの持ち場に戻《もど》っていく彼らを、尚史は複雑な気分で見送った。

頭ごなしにやり直しを命じても、若い職人たちの志気を削ぐだけだ。それをわかっているからこそ、塚原はわざわざ現場に足を運び、「なぜ駄目《だめ》なのか」「では、どうすればいいのか」を自ら語ったのだろう。

果たして自分が説明していたら、こうもすんなり彼らは納得《なっとく》してくれただろうか。

（いや……おそらくは）

時間のロスばかりに気を取られていた自分と塚原の差を見せつけられた気がして、小さく首を振《ふ》った。

「昨日の雨で濡れているからな。足場には気をつけろよ」

最後に職人たちに安全確認《かくにん》を促《うなが》した塚原が、背後をゆっくり顧《かえり》みる。作業服姿の尚史を見て、唇《くちびる》の片端《かたはし》を持ち上げた。

「やっと現場監督《かんとく》らしくなってきたじゃないか」

先程《ほど》電話で叱責されたこともあり、なんとなく塚原の顔がまっすぐ見られずに、尚史は微妙に視線を泳がせた。

「それ……誉《ほ》めているんですか？」

「誉めているさ。よく似合っている」

真顔で言われ、ますます困惑《こんわく》する。

「惜《お》しむらくは無粋《ぶすい》な眼鏡《めがね》だな。——伊達《だて》なんだろ?」

図星の指摘《してき》に眉《まゆ》をひそめると同時に、男がすっと顔を近づけてくる。かすかに甘い香《かお》りが鼻《び》孔《こう》をかすめ、とくんっと小さく胸が跳《は》ねた。

「外せよ」

鼓膜《こまく》をくすぐるバリトンと男のコロンの相乗効果で、鼓動《こどう》が一気に乱れる。

(馬鹿《ばか》……落ち着け)

自分を諌《いさ》めた刹那《せつな》、駄目《だめ》押しがきた。

「せっかくのきれいな顔が勿体《もったい》無い」

尚史の性癖《せいへき》を知った上での台詞なのだからタチが悪い。

「変な冗談《じょうだん》はやめてください」

思わず顔を背《そむ》けた尚史の耳に、塚原がひそめた低音で囁《ささや》いた。

「恋人《こいびと》とは仲直りしたのか?」

「……………っ」

あの夜以来初めてその件に触《ふ》れられて、驚《おどろ》きのあまりに肩《かた》を揺《ゆ》らす。だが振り向いた時には塚原はすでに尚史から離《はな》れて背を向けていて——その表情を窺《うかが》い知ることは出来なかった。

元恋人・高倉からの連絡《れんらく》は、西麻布の夜を境に徐々《じょじょ》にフェードアウトしつつあった。

一日も早く新しい恋人を見つけ、自分のことは忘れて欲しいと心から願う。

翻《ひるがえ》って自分のことを思えば、色恋《いろこい》と無縁《むえん》な日々がかれこれ二年以上続いている。

いつもならそろそろ人恋《ひとこい》しくなる頃《ころ》だが、今回はまるでそんな気配がなかった。

毎日が忙しく、そこそこ満ち足りているせいだろうか。

くたくたの体を横たえたベッドの中で、改めてここ最近の自分を振り返った尚史は、脳裏《のうり》に浮《う》かんだ塚原の顔に、あわてて首を振った。

(なんであの男が真っ先に浮かぶんだ?)

頭から追い払《はら》おうと足掻《あが》きつつ、いつぞや何かの記事で読んだ男のプライベートを、つい思い返してしまう。

三年前に妻とは離婚《りこん》。十一歳の娘《むすめ》がひとりおり、その娘は別れた妻が引き取っている。現在独身でひとり暮らし。

地位も名誉《めいよ》も金も才能も器量も、男としてのステイタスをすべて兼《か》ね備《そな》えた男だ。さぞや女性にもてるだろうに……。

決まった恋人はいないのだろうか。

——恋人。

若い女性が好みなのか？　それとも年上？　あれだけ世界を飛び回っているのだから、相手は外国人という可能性もある。

あの強面《こわもて》も、恋人の前ではやさしかったりするのだろうか。

低い声で甘い睦言《むつごと》を囁いたり、あのたくましい腕《うで》で抱きしめたり……キスをしたり？

塚原と見知らぬ女性が裸《はだか》で抱き合うリアルなビジュアルが浮かんだとたん、全身が急激にカーッと熱を孕《はら》む。

駄目だ……。

枕《まくら》の上の頭をぱたぱたと左右に振る。

これ以上は考えるな！

ぎゅっと目を瞑《つぶ》り、必死にブレーキをかけたが、一度走り出した妄想《もうそう》はすぐには止まらなかった。

（どんなふうに）

どんなふうに……女性を抱くのだろう。

あの大きくて屈強《くっきょう》な体で……どんなセックスを……。

いけないと思いつつ、ついつい、いろいろと想像してしまったせいで、翌日、オフィスに呼び出された際、塚原の顔がまともに見られなかった。表面上はいつもの無表情を装っていたが、内心では尚史はかなり動揺《どうよう》していた。

仕事関係者をそういった目で見ることは、何より自分に課していたタブーだった。それをやったら公私混同になってしまう。仕事にならない。それだけは駄目だ。

（なのに……）

自分への苛立《いらだ》ちと塚原への気まずさは、しばらくあとを引いた。思い描《えが》いてしまった妄想の残像をなかなか脳内から消去できず、その後も、以前のようにまっすぐ塚原を見ることができないままに数日が過ぎた。

「……何をやってるんだ、まったく」

フロントウィンドウを叩《たた》く雨粒《あまつぶ》を睨《にら》みつけ、不甲斐《ふがい》ない自分への憤《いきどお》りを吐《は》き捨てる。

ただでさえ憂鬱《ゆううつ》な気分をさらに滅入《めい》らせる、うっとうしい雨の中、尚史はひとりで現場へ向かっていた。現場近くの駐車場《ちゆうしや》に車を停《と》め、傘《かさ》を広げて、ところどころ水たまりの出来たアスファルトを歩き始める。

今年の梅雨《つゆ》は異常気象とでもいうほど雨量が多く、七月に入っても連日の雨は続いていた。もう一週間も降り続けている。

たぶん今日も作業は無理だな。

半ば諦《あきら》めの心境で現場に足を踏《ふ》み入れると、案の定、職人たちは引き上げたあとだった。

がらんと人気のない現場に、ひとつの影《かげ》がある。

（誰《だれ》だ？）

目を凝《こ》らして、その大柄《おおがら》なシルエットを見定めた。ジャケットを羽織った広い肩と長い脚《あし》。塚原だった。

傘も差さず、作業が止まった現場を眺《なが》めている。その無言の背中が、いつの日か見た塚原にだぶって見えた。

父の葬儀《そうぎ》の席で、じっと遺影《いえい》を見つめて動かなかった背中。あの時――大きくて頑丈《がんじょう》そうな背がなぜか小さく見えた。

才能に溢《あふ》れ、これだけの器量に恵《めぐ》まれているのに、なぜだろう、男には終始孤独《こどく》の影がつきまとう。

何かを極《きわ》めようとする人間は、皆《みな》、孤高《ここう》なのだろうか。

彼の牙城《がじょう》である事務所においても、弟子《でし》たちは塚原を遠巻きに崇《あが》め、一線を引いているように見えた。

いや、もしかしたら塚原自身が故意に彼らを遠ざけているのか。

気を許し合うことで、緊張感《きんちょうかん》が失われるのを案じてのことかもしれない。

やがて顔をこちらに向けた塚原が、尚史に気がつく。軽く頭を下げると、体の向きを変えてゆっくりと近づいてきた。傍《かたわ》らに立って肩を並べ、小さく嘆息《たんそく》を吐く。

「七月中の竣工《しゅんこう》は難しいな」

今まで工期に関してかたくなに譲《ゆず》らなかった男の弱気な発言に虚《きょ》を衝《つ》かれ、尚史は顔を振《ふ》り上げた。

彫《ほ》りの深い男性的な横顔は、めずらしく憂《うれ》いを帯びている。

「…………」

当初の驚きが過ぎるのと入れ替《か》わりに、腹の底からじわじわと込み上げてきたのは憤りだった。

「諦めないでください」

低いつぶやきに、塚原がわずかに顔を傾《かたむ》けてくる。その少し意外そうな表情を、尚史はひさしぶりにまっすぐ見つめた。

「雨さえ止《や》んだら工事の遅《おく》れは必ず取り戻《もど》します」

「柏樹」

視線の先の褐色《かっしょく》の双眸《そうぼう》がゆっくりと細まる。

「うちのプライドにかけて」

揺るぎなく男を見据《みす》えて言い切ると、瞠目《どうもく》していた塚原がふっと双眸を細めた。

（……え？）

――笑った？

平素の強面ぶりからは想像もつかない、ふわりと包み込むような笑《え》みが目の前にあった。

「ようやく柏樹建設の二代目らしくなってきたな」

いつもは厳しい目許《めもと》が緩《ゆる》み、常に引き結ばれている唇《くちびる》がかすかに微笑《ほほえ》む。

たったそれだけのことで、これほど劇的に印象が変わるものなのか。

数ヵ月のつきあいで初めて見る塚原の笑顔に、尚史は思わず数秒見とれてしまった。

「その口調、親父《おやじ》さんにそっくりだ」

深いバリトンが落ちてきた瞬間《しゅんかん》、何かが急激に胸に迫《せま》ってくる。

自分でも理由がわからない感情の昂《たか》ぶり。それを抑《おさ》え込むために、尚史は揺《ゆ》るぎない口調ではっきりと告げた。

「一度お約束した以上、期日どおりにきっちり仕上げないと死んだ親父に叱《しか》られますから」

3

尚史と塚原の思いが通じたのか、その翌日から雨雲が途切《とぎ》れた。

晴天が続いたその五日ほどで、型枠《かたわく》のやり直し作業が無事に終了《しゅうりょう》する。

いよいよコンクリートの打設作業だ。

コンクリートが固まったあとの強度は、練り混ぜるセメントと水の配合比率に左右されるので、本来打設は晴れの日に行うのが望ましいのだが。

まだ梅雨明け宣言は出ていない。しかし、だからといってそれを悠長《ゆうちょう》に待っている余裕《よゆう》もなかった。

尚史は週間天気予報と睨み合って打設日を決め、生コン工場とコンクリートポンプ車、左官職人などの手配を済ませた。

生憎《あいにく》と当日は湿気《しっけ》を多量に含《ふく》んだ曇天《どんてん》だった。

「この時季、雨でなかっただけラッキーですよ」

助《すけ》っ人《と》に来てくれた青木に慰《なぐさ》められる。

型枠に流し込んだ生コンを掻《か》き混ぜる作業には、尚史と青木も加わった。

複雑に組まれた鉄骨の隙間《すきま》に満遍《まんべん》なくコンクリートが行き渡《わた》らないと、穴やへこみができてしまう。その上、塚原のたっての希望で、生コンを通常より硬《かた》めに練ってある。これは仕上がりの強度を考えてのことだが、流し込みの作業はその分難しくなる。

尚史が打設作業に加わるのは、今回が初めてだった。職人たちと一緒《いっしょ》になって足場に上った尚史は、偏《かたよ》らないように生コンを型枠の上から棒で搔き混ぜた。

「尚史さん、搔き混ぜすぎです！」

夢中で棒を操《あやつ》っていたら、青木に叱られた。

「あんまりやりすぎると、型枠に圧力がかかってパネルが膨《ふく》らんじゃいます」

「ごめん」

「あー、ダメダメ。今度はそこ、骨材が溜《た》まってますよ。もっと搔き混ぜて！」

なかなか加減が難しい。

だが、コツが摑《つか》めてくるに従い、だんだん作業が楽しくなってきた。自分がメインイベントに参加している高揚感《こうようかん》もあるが、何より職人と一緒に汗《あせ》を流しているという連帯感がいい。

慣れない肉体労働に肩《かた》がきしみ、飛び散る生コンで全身が汚《よご》れたが、それでも参加してよかったと心から思った。

汗を拭《ぬぐ》いながらふと地上を顧みた尚史は、一時間ほど前に現場に合流し、今は作業の全体を見守っている塚原と目が合った。男は腕組《うでぐ》みをして、まっすぐこちらを見上げている。

（……いつから見ていたんだ？）

ひとりだけ危なっかしいからだろうか。

焦《あせ》っていると、塚原がまぶしそうに双眸を細めた。

「気をつけろよ」

声をかけられて小さくうなずく。塚原の視線を背中に感じるだけで、不思議な安心感が胸に広がる。それと同時に、なぜだか妙《みょう》に心が沸《わ》き立った。

馬鹿《ばか》、何を浮《う》き足立《あしだ》ってるんだ。作業に集中しろ。

棒を握《にぎ》り直して自分に活を入れる。

しかし、気持ちが沸き立つような高揚《こうよう》の波は、なかなか去らなかった。

「朝からみんながんばってくれたおかげで、作業は無事終了しました。お疲《つか》れ様です」

夕方、現場監督《かんとく》として職人たちをねぎらい、打設が終わった現場を眺めてほっとしていると、塚原がぶらりと近づいてくる。

「このあと時間は？」

さりげなく問われて、打ち合わせの打診《だしん》だと思った尚史は気楽に答えた。

「このあとは社に戻るだけですが」

「なら、食事につきあえよ」

「……は？」

出し抜《ぬ》けの誘《さそ》いに思わず声が裏返る。

「コンクリートの打設も無事終わったことだしな。軽い打ちあげだ」

「打ちあげって……急にそんなことを言われても」

面食《めんく》らっているうちに腕《うで》を摑まれ、半ば拉致《らち》同然にぐいぐいと車道まで連れていかれた。塚原が手を挙げてタクシーを停《と》める。

「先に乗れ」

強引《ごういん》に後部座席に押し込められてすぐ、まるで退路を塞《ふさ》ぐみたいに塚原が乗り込んできた。

「銀座《ぎんざ》まで行ってくれ」

（銀座!?）

その声で、急激な展開についていけずにやや呆然《ぼうぜん》としていた尚史ははっと我に返った。生コン塗《まみ》れの作業服で、靴《くつ》にいたっては泥だらけの己《おのれ》の姿に改めて気づく。

どう考えても銀座に行くような格好じゃない。

「あの……でも私、こんな格好ですし、靴だってすごく汚れていて」

必死に言い募《つの》ったが、塚原はまるで意に介《かい》するそぶりがない。

「心配するな」

尚史の懸念《けねん》を短い一言であっさり退け、腕を組む。その後もいっさい反問を受けつけないオーラを発する男に戸惑《とまど》っているうちに、タクシーは、銀座の高級ブランドショップが立ち並ぶ通りの一角で停車した。

「降りろ」

「は、はい」

目の前に建つのは石造りの重厚《じゅうこう》な建物。ファサードに輝《かがや》く金色の英字——誰《だれ》でも知っている有名なロゴを見上げて、尚史は立ち尽《つ》くした。

「……ここ」

海外高級ブランドの中でも、さらに格式が高いとされる老舗《しにせ》だ。エントランスに立つ正装の白人男性が、塚原の姿を見て巨大《きょだい》なガラス戸を引き開けた。

吹《ふ》き抜けの高い天井《てんじょう》、上品なベージュで統一されたゆったりと広い店内が視界に映り込む。先に立った塚原が、数歩歩いてから尚史を振《ふ》り返った。

「何をしている?」

「む、無理……です」

敷居《しきい》が高すぎてとても跨《また》げず、手前で小さく首を振っていると、苦笑《くしょう》を浮かべた塚原が戻《もど》ってきて、尚史の背に大きな手を添《そ》えた。誘《いざな》うようにそのまま前へ押し出される。

「いらっしゃいませ、塚原様」

靴先が埋《う》まりそうな絨毯《じゅうたん》の中程《ほど》で、慇懃《いんぎん》なお辞儀《じぎ》をしているダークスーツの男を見たとたん、くるりと回れ右をしたくなった。が、背中に塚原の手があるので逃《に》げられない。

「お連れ様もいらっしゃいませ」

場違《ばちが》いな尚史の格好を見ても、隙《すき》のない着こなしの中年男は顔色ひとつ変えなかった。完璧《かんぺき》な笑顔《えがお》で塚原に伺《うかが》いを立てる。

「本日はどういったものをお探しでしょうか」

「今日の客は俺じゃない。これからアントニオの店で食事をするんだが、連れが仕事帰りでな」

その台詞《せりふ》で塚原の意図にいまさら気づき、冷たい汗がじわっと噴《ふ》き出た。この店で食事に行くためのスーツを用意しろというのだ。

一応肩《かた》書きは社長だが、自慢《じまん》じゃないがこんな店でスーツを誂《あつら》えられるほどの経済力はない。実際、会計事務所にいた頃《ころ》より年収は下がったのだ。

「つ、塚原さん……困ります」

小声で抗議《こうぎ》をしかけた刹那《せつな》、塚原は尚史からすっと離《はな》れ、フロアマネジャーと肩を並べる。

「さほど堅苦《かたくる》しくないスーツをひと揃《そろ》え見立ててくれ」

「お靴もご用意したほうがよろしいですね」

フロアマネジャーの「お靴も」発言にいよいよ震《ふる》え上がる尚史を無視して、塚原は早速《さっそく》スーツを選び始めた。

「細いからやはりシングルブレステッドがいいだろう。色は、そうだな。初夏らしいベージュはどうだ」

「日本人にはなかなか難しいお色ですが、お連れ様は髪《かみ》の色が薄《うす》くて肌色《はだいろ》も白くていらっしゃるので映《は》えるかと。——こちらなどいかがでしょう?」

「サイドベンツか。よし、それにしよう」

ふたりの間でどんどんセレクトが進んでいく。

「シャツは白がいい。ネックは高くないほうがいいな」

「では、レギュラーカラーのこちらを」

「ネクタイはあまり柄《がら》の大きくないもので、ブルー系が合うんじゃないか」

「このスーツでしたら、パープルもきれいですよ。今年の流行《はや》り色ですし」

次々と選ばれていく見るからに値の張りそうな服を、尚史はただ青ざめて眺《なが》めていることしかできなかった。できればこの場から逃げ出したかったが、そんなことをすれば塚原に恥《はじ》をかかせることになる。

(……仕方がない)

一生に一度の買い物と腹をくくろう。

清水《きよみず》の舞台《ぶたい》から飛び降りる覚悟《かくご》を固め、額に滲《にじ》んだ汗を作業服の袖《そで》で拭った時、不意に塚原が振り返った。

「靴のサイズは？」

「二十六です」

「だそうだ。このスーツに合う靴を何か見繕《みつくろ》ってくれ」

「かしこまりました。――裾《すそ》上げはいかがいたしますか。本日は仮留めにして、後日いらしていただいた際に仕上げをさせていただく形でよろしいでしょうか」

「それでいい」

うなずいた塚原が、尚史に目を向けた。

「試着室は奥だ」

その視線に促《うなが》されるようにぎくしゃくと歩き、店内最奥《さいおう》のフィッティングルームに入った。

試着室といっても普通の部屋ほどの広さがある。

壁《かべ》一面の鏡を横目に、作業服を脱《ぬ》いでシャツを羽織った。さらっとした肌触《はだざわ》り。袖を通しただけで上質なものとわかる感触《かんしょく》はさすがだ。

緊張《きんちょう》した手つきで薄紫《うすむらさき》色のシルクタイを結ぶ。スーツの下衣に脚《あし》を通し、ベルトを締《し》めた。スツールに腰《こし》かけて焦《こ》げ茶《ちゃ》のプレーントウの紐《ひも》を結ぶ。

最後に上着を羽織り、腕を通した。アームホールが立体的に出来ているせいか、腕が動かしやすい。

三つあるうちの、上からふたつ目のボタンを嵌《は》めて鏡に向き合う。全体的に細身のシルエットで、体に沿うようなデザインだった。ベージュという色味のためか、仕事用のスーツというよりは、遊び着といった趣《おもむき》だ。

（こんな色、初めて着た）

こんな華《はな》やかな色合いのネクタイも初めてだ。いつもはスーツはグレイか濃紺《のうこん》、ネクタイもあたりさわりのない地味な色目を選ぶのが常だった。

なんだか自分じゃないみたいで、気恥《きは》ずかしい気分を堪《こら》えつつ木のドアを開けた。試着室の外に出ると、ドアの脇《わき》に立っていたマネジャーが尚史を見てわずかに瞠目《どうもく》する。

「とてもよくお似合いです」

しかし、お世辞にお愛想《あいそ》で応《こた》える精神的余裕《よゆう》はなかった。据直しをしてくれる彼に、尚史は先程からずっと気にかかっていたことを尋《たず》ねた。

「あの……支払《しはら》いは、こちらはカードで大丈夫《だいじょうぶ》ですか？」

値札はついていなかったけれど、トータルで軽く数十万になるであろうことは想像がつく。無論そんな大金の持ち合わせなどなかった。

「結構ですが、お支払いはもうお済みです」

「え？」

マネジャーの返答に、今度は尚史が目を瞠《みは》る。

「済んだってどういう……」

「塚原様が先程お済ませになりました。裾の仕上げはシングルカフでよろしいですか？」

「あ……はい、大丈夫です」

上の空で答えながら、頭の中を疑問符《ぎもんふ》がぐるぐる回る。

先に払った？

とりあえず立て替《か》えておくからあとで払えということか？

いや、塚原ほどの男がそんなことを言うとも思えない。

ということはつまり……プレゼント？

だが、こんなものをもらう理由はない。

頭の整理がつかないままに、尚史は塚原が待つ来客用のソファへ向かった。

長い脚を高く組んで英字新聞に目を通していた男が、尚史の気配に気がついて振り返る。一《いっ》瞬《しゅん》、やはりわずかに瞠目したあと、新聞をばさりと脇に置いてソファから立ち上がった。

目を細めた塚原が、靴《くつ》の爪先《つまさき》から襟《えり》の形までじっくりと視線を走らせ、最後、強《こわ》ばった顔の尚史と目が合った段で満足そうにうなずく。

「よく似合う。男の服を見立てるのは初めてだったが、悪くないな」

「ええ。スタイルがよろしくていらっしゃるので、着こなしも実にスマートで」

似合うとかスタイルとかスマートとか、そんなのどうでもいい！

そう叫《さけ》び出したい衝動《しょうどう》を、尚史は渾身《こんしん》の力で抑《おさ》え込んだ。どうやら塚原はこの店の常連らしい。店のスタッフの前で恥を掻《か》かせるわけにはいかない。

「裾上げの件、お待ちしております」

深々と腰を折ったマネジャーの頭頂部に見送られて店を出る。彼の視界から外れるやいなや、尚史は塚原に詰《つ》め寄った。

「支払いが済んでるって、どういうことですか？」

だが、男はまたしてもあっさり受け流す。

「気にするな」

「気にしますよ！」

「どうしても気になると言うのならば」

タクシーを呼びとめながら、めずらしく冗談《じょうだん》めかした口調で塚原が言った。

「施工費《せこう》から引いておく」

ぐっと詰まった尚史に、男はドアを開けたタクシーを顎《あご》で指す。

「その件についてはあとで話す。乗りなさい。予約の時間に遅《おく》れる」

スーツの代金の件がはっきりしない前に逃《に》げ出すこともできず、尚史は渋々《しぶしぶ》とリアシートに乗り込んだ。

タクシーが走り出し、今度は西麻布の見覚えのある建物の前で停《と》まる。

（ここは……）

いつぞやの夜――高倉とのキスシーンを目撃《もくげき》されたあとで、塚原が入っていった建物だった。

尚史は知らなかったが、味に煩《うるさ》い文化人や財界人御用達《ごようたし》の高級リストランテで、オーナーのアントニオ氏と塚原は旧知の仲らしい。店の設計も塚原が手がけたのだそうだ。言われてみれば、シックで落ち着いた内装のそこかしこに、塚原建築らしいこだわりが感じられる。

『Buona sera, signor Tsukahara』

黒服のイタリア人が、恰幅《かっぷく》のよい体を揺《ゆ》すって塚原を出迎《でむか》えた。

『Buona sera, Francesco』

しばらくイタリア語の会話が続いたあとで、塚原が尚史に男を紹介《しょうかい》する。

「支配人のフランチェスコ・マルコーニだ」

「あ……ボ、ボナセーラ」

「無理するな、日本語で通じる。フランチェスコ、今、一緒《いっしょ》に仕事をしている柏樹だ」

「ようこそ、柏樹様。せっかくいらしていただいたのに、生憎《あいにく》と今日は個室が塞《ふさ》がっておりまして すみません」

支配人が流暢《りゅうちょう》な日本語で、申し訳なさそうに謝った。

「気にするな。当日に予約を入れたこっちが悪い。席を空けてもらっただけでも助かる」

塚原の言葉に、支配人がにっこりと笑い、「どうぞこちらへ」とふたりを誘《いざな》う。

豪華《ごうか》ではあるが華美《かび》すぎないインテリアが心地《ここち》よいホールは、案内された壁際《かべぎわ》のテーブル以外の席も、すべてが埋《う》まっていた。

真っ白なテーブルクロスのかかった四人掛《が》けのテーブルに向かい合う形で座す。ちらりと周囲を窺《うかが》うと、カップルか女性同士、もしくは男女混合の集団ばかりで、男ふたりという組み合わせは自分たち以外にはいなかった。

ただでさえ、塚原と面と向かって食事というだけでも充分《じゅうぶん》に気が重いのに……。

落ち着かない尚史と裏腹に、塚原は周囲の目を気にかける様子もなく堂々としている。

今日の塚原は、麻《あさ》のシングルブレステッドジャケットにサックスブルーのシャツという出《い》で立ちで、ネクタイはしていない。それでもちゃんとフォーマルに見えるのは、肩幅《かたはば》がしっかりとあり、胸板《むないた》が厚いせいかもしれない。

ガス入りのミネラルウォーターと食前酒、先付けをサーブした黒服のカメリエーレが去ったあとで、塚原が口を開いた。

「オーナーシェフのアントニオは、この店を開く前はロッセリーニ・グループ系列のレストランにいたんだ」

「ロッセリーニ・グループ、ですか？」

初めて耳にする名前を、尚史は聞き返した。

「ヨーロッパを中心に、アパレルやホテル・レストラン事業を手広く展開しているイタリアの企業《きぎょう》だ。そこのCEOから、アントニオを紹介された。その彼が日本に店を開くというので、CEOの口利《き》きもあって設計を手がけたんだ」

「そうだったんですか」

「アントニオのトリッパの煮込《に》みは絶品だ」

言いながら、塚原が渡《わた》されたメニューを開く。

「アンティパストは時季柄《がら》、花ズッキーニのフリットがいいだろう。パスタはカラスミのカッペリーニ。メインはオッソブーコ。これは食っておかないと後悔《こうかい》する」

「オッソブーコ？」

「骨付きの子牛の臑《すね》肉をトマトや白ワインでじっくり煮込んだものだ。骨の孔《あな》に詰まっているとろとろの骨髄《こつずい》が、最高に美味《うま》いぞ」

塚原が絶品だと太鼓判《たいこばん》を押したトリッパの煮込みは、たしかにものすごく美味《おい》しかった。

「臭《くさ》みはまったくないですね。とろけるみたいにやわらかくて、美味しいです」

「だろう？」

まるで自分が作ったような口振《くちぶ》りで、自慢《じまん》げに言うのが少しおかしい。

食事中は、塚原が主に話をしていた。

若い頃《ころ》に徒手空拳《としゅくうけん》で回った世界のこと。ギリシャのパルテノン、ローマのドーム、ガウディのサグラダ・ファミリア——若き日の塚原新也に影響《えいきょう》を与《あた》えた、数々の建造物について。

「いまだ完成を見ない教会のために、世界各国から建築家や職人が集まる。こいつはすごいことだ」

「たしか日本人の彫刻家《ちょうこくか》の方も参加しているんでしたよね」

「彼らが集《つど》うのは、金のためでも名声のためでもない。百年以上の年月を経《へ》てなお、工匠《こうしょう》たちを惹《ひ》きつけるだけの魅力《みりょく》が、彼らの欲望を満たす何かが、ガウディの建築にはあるということだな」

よく呑《の》み、よく食べて、よくしゃべる男を、ぼんやりと見つめる。初めて見る様々な表情。こんな塚原は初めて見た。

そういう尚史もだいぶワインが進んでいる。アルコールはそこそこ強いつもりだったが、呑むこと自体がひさしぶりなので、少し酔《よ》いが回るのが早いようだ。

自分でも、両目が潤《うる》んでいるのがわかる。頰《ほお》の火照《ほて》りを持て余して、尚史はミネラルウォーターの入ったグラスを引き寄せた。

（顔が……熱い）

「酔ったのか？」

問いかけに視線を上げる。陽焼《ひや》けした精悍《せいかん》な貌《かお》を上目遣《うわめづか》いに見上げながら「……少し」とつぶやくと、塚原がつと眉根《まゆね》を寄せた。なんだろうと訝《いぶか》しんだ直後、どこかが苦しいようなかすれ声が落ちる。

出した。

「そんな艶《つや》っぽい目で見るな」

その一言で、グラスの水を頭からかぶったみたいに急激に酔いが醒《さ》めた。あれほど美味しかった料理とワインが、突然《とつぜん》味気なく思える。せっかくのオッソブーコも、肉のやわらかさはわかっても、旨味《うまみ》は感じられなかった。

盛り下がった気分のまま食事が終わり、リストランテを出る。尚史は俯《うつむ》き加減《かげん》に歩道を歩き

「どうした？　急にまた能面に戻《もど》ったな」

横に並んだ男が低く落とす。その声を聞いた瞬間《しゅんかん》、喉許《のどもと》に迫《せ》り上がってくるものがあった。

「……どうして？」

気がつくと硬《かた》く尖《とが》った声が零《こぼ》れていた。

「なぜ、こんなことをするんです？」

塚原が足を止め、尚史も立ち止まった。

「どういう意味だ？」

白々しい問いかけに、ぐっと奥歯を嚙《か》み締《し》める。

「からかってらっしゃるんですか？　私が……」

そこで言葉を切り、数秒の逡巡《しゅんじゅん》のあとで、尚史は続きを口にした。

「……同性愛者だから」

低く言ってから塚原に向き直り、右斜《なな》めの方角を視線で指し示す。

「ちょうどあそこの路地でしたよね？——あなたにみっともないところを見られたのは」

「…………」

塚原が不機嫌《ふきげん》そうに唇《くちびる》を引き結んだ。憮然《ぶぜん》としたその表情にふたたび目をやり、自嘲《じちょう》気味に告げる。

「別れ話がこじれたんですよ。もう二年も前に切れたはずなの…」

いきなり伸《の》びてきた手に二の腕《うで》をきつく摑《つか》まれ、投げやりな言葉が途中《とちゅう》で切れた。

「な…何？」

大きく見開いた目の中に、塚原の驚《おどろ》くほどに真剣《しんけん》な表情が映る。

「別れたのか？」

「え？」

「あの男と別れたのか？」

強い力で揺さぶられ、尚史は諾々《だくだく》とうなずいた。

「え、ええ……ずいぶんと前に」

「……そうか」

つぶやいた塚原が、ふと我に返ったかのように唐突《とうとつ》に手を離《はな》す。突《つ》き放すみたいなその所作に、尚史の胸はつきっと小さく痛んだ。

「すみません」

謝罪の言葉を口にしながら、そっと両の手のひらを握《にぎ》り締める。

「気を遣《つか》って不問にしてくださっていたのに……こんなことを言い出して」

塚原はただ黙《だま》って尚史を見つめている。

「でも、仕事関係の人間をそういう目で見ることは絶対にありませんから」

できるだけ平坦《へいたん》な——だが真摯《しんし》な声を紡《つむ》ぐと、塚原が太い眉をひそめた。

「…………」

厳しい眼差《まなざ》しに射貫《ぬ》かれているうちに、どんどんと胸が苦しくなってくる。

なぜ、そんな目をするのか。

なぜ、そんな恐《こわ》い表情で自分を見るのか。

(わからない)

混乱のあまりに余計なことを口走ってしまいそうな自分が恐くて、ぺこりと頭を下げた。

「まだ仕事が残っているので、今日はここで失礼します。——ごちそうさまでした」

言うなり肩《かた》を翻《ひるがえ》し、尚史は逃《に》げるようにその場を立ち去った。

会社に戻る道中ずっと、尚史の頭からは先程《ほど》の塚原とのやりとりが離れなかった。

戻ってみると、社内には誰《だれ》もおらず、フロアの電気も消えていた。みな帰宅したらしい。

電気を点け、自分の席に腰《こし》を下ろすと同時に、後悔の念がどっと込み上げてくる。

──からかってらっしゃるんですか？ 私が同性愛者だから。

なぜあんなことを言ってしまったんだろう。

塚原は、単にねぎらいのつもりで食事に誘《さそ》ってくれただけなのに。

責めるような物言いをしてしまった。

彼が怒《おこ》るのも当然だ。

椅子《いす》の背にもたれ、仰向《あおむ》いた喉から嘆息《たんそく》が漏《も》れる。

塚原は、今まで仕事をする上で、一切《いっさい》の差別をしなかった。自分の性癖《せいへき》を知っても色眼鏡《めがね》で見ることなく、ビジネスライクな態度に徹《てっ》してくれた。それを自分が勝手に僻《ひが》んで……。

考えてみれば、スーツのお礼もちゃんと言っていない。

このスーツは……返そう。

返されても困るとは思うけれど、やっぱりもらう理由がない。

さすがに値段相応に着心地《きごこち》のいいスーツの胸許《むなもと》に手をやり、シルクのネクタイを緩《ゆる》めようとした尚史は、耳が捉《とら》えた音にふと顔を上げた。

バチバチバチッ。

何かが弾《はじ》かれるような音。やがて、それが窓ガラスを雨が叩《たた》く音だと気がつく。

「雨!?」

あわてて窓際まで駆《か》け寄り、ブラインドを上げる。横殴《よこなぐ》りの激しい雨がガラスを叩いていた。試《ため》しに少し窓を開けると、数センチの隙間《すきま》からものすごい勢いで雨が吹《ふ》き込んでくる。

風が強い。ぴしゃりとサッシを閉めた直後、遠くでピカッと稲光《いなびかり》が走った。

(雷《かみなり》？　嵐《あらし》か？)

予報では終日曇《くも》りのはずだった。不安定な天候は承知していたけれど、ここまで崩《くず》れるとは予想の範囲《はんい》外《がい》だ。

とっさに壁《かべ》の時計を見る。夜の十一時過ぎ。青木もとうに家に着いている頃《ころ》だろう。今から連絡《れんらく》を取っても、戻ってくるのに時間がかかる。

塚原の建築はシンプルな分、コンクリート表面のディテールが命だ。

そして生乾《なまがわ》きのコンクリートは気温の低下や湿気《しっけ》の影響《えいきょう》を多大に受ける。左官職人が均《なら》した表層が、波打ってしまうかもしれない。

一応、保温用のビニールシートで覆《おお》ってはいるが……。

(もしシートが風に吹き飛ばされたら？)

その懸《け》念《ねん》が浮《う》かぶと、もう居ても立ってもいられなくなってくる。尚史は傘《かさ》だけ摑んで会社を飛び出した。

滝《たき》のような雨の中、社用車で現場に到着《とうちゃく》した尚史は、悪い予感が的中したことを知った。シートが風に舞《ま》っている。括《くく》り付けていた紐《ひも》が千切れてしまっているのだ。

「うわ！　やばいっ」

叫《さけ》んで車から出ると、突風《とっぷう》に煽《あお》られ、たちまち傘がおちょこになる。

「くそっ」

役立たずの傘を車内に放り込み、濡《ぬ》れるのを覚悟《かくご》で駆け出した。ぬかるみに足を取られながらも、なんとかコンクリートの箱に辿《たど》り着く。

剝《む》き出しの表層面に、雨が容赦《ようしゃ》なく打ちつけていた。

このままではコンクリートが波打ってしまう。

思った瞬間には手が鉄パイプにかかっていた。足場によじ上って最大限に腕を伸ばし、バタバタとすごい音を立ててはためくシートの端《はし》を摑んだ。端をぎゅっと強く摑んだまま地上に下りると、コンクリートにシートを巻きつけるようにして押さえる。紐が千切れてしまっているので、尚史自らがシートごと抱《だ》き込むようにするしかなかった。

背中を打つ雨が痛い。ものの数分で下着までずぶ濡れになった。数十万のスーツが汚《よご》れてしまうが、それどころじゃない。

風の勢いはいっこうに衰《おとろ》えず、それどころか刻一刻と激しくなっていく。はためくシートを押さえているうちに、指の感覚がなくなってきた。顔を打つ雨に、目も開けていられない。足首まで泥《どろ》に浸《つ》かった足許《あしもと》から、じわじわと冷気が忍《しの》び寄ってくる。

どれくらい孤軍奮闘《こぐんふんとう》しているのだろう。

(五分？　十分？)

もう時間の感覚がない。

いつまでこの暴風雨は続くのか？

先の読めない状況《じょうきょう》に気が遠くなりかける。

(誰か……)

朦朧《もうろう》とした脳裏《のうり》に、ふっと塚原の顔が浮かんだ時だった。

車のタイヤ音が遠くで聞こえた——かと思うとほどなく、バシャバシャと水を叩く足音が近づいてくる。

「柏樹！」

その声で顔を振《ふ》り向《む》けた。水滴《すいてき》で歪《ゆが》む視界の中に、大きな影《かげ》が見える。それだけで誰なのかわかってしまった。

「塚原さん！」

近づいてくるシルエットに、冷えきっていた体が急に熱を持ち、心臓が高鳴る。

(来てくれた！)

心のどこかで待ってはいたけれど、まさか本当に来てくれるなんて——！

歓喜《かんき》に震《ふる》える唇《くちびる》を嚙《か》み締《し》める尚史を、塚原がいきなり怒鳴《どな》りつけてきた。

「馬鹿《ばか》っ。こんなひどい嵐の中、ひとりで何をやってるんだ！」

「シートが飛びそうなんです！」

風に負けないように声を張り上げると、塚原も大声で聞き返す。

「シートが!?」

「紐が千切れてしまって！」

事情を覚《さと》った塚原が叫んだ。

「待ってろ！」

走り出した大きな影が間もなくコンクリートの向こうに消え、ややあってひと抱《かか》えのロープを摑《つか》んで戻《もど》ってきた。

「塚原さん……」

強い意志を湛《たた》えた浅黒い貌《かお》と、頼《たの》もしい姿をはっきり見た瞬間《しゅんかん》、もう大丈夫《だいじょうぶ》だという安堵《あんど》が全身に広がる。

「もうしばらく押さえていられるか？」

尚史がうなずくと、塚原は束ねたロープの輪に腕《うで》を入れ、肩に背負うようにした。ロープを結んで作った輪を足場の鉄パイプに引っかけ、ロープを張り巡《めぐ》らせながら、少しずつ箱の周囲を進んでいく。箱の一辺の長さは約五メートル。一周にして二十メートルあまりだ。普段《ふだん》ならなんということのない距離《きょり》でも、この暴風雨の中の作業となると容易じゃない。

向かい風に屈強《くっきょう》な体がじりじりと立ち向かう。吹きつける突風でジャケットの裾《すそ》が翻る。ぬかるみを踏《ふ》み締めながら、塚原の大きな背中が角を曲がり、尚史の視界から消える。と同時に稲光が走り、雷鳴が轟《とどろ》いた。

「……ひっ」

まるですぐ後ろに雷が落ちたような大音響《おんきょう》に身がすくみ、思わず悲鳴が漏れる。

「あと少しだ。踏ん張れ！」

反対側から届いた力強い声に、尚史はなけなしの気力を掻《か》き集《あつ》めた。今にも頽《くずお》れそうな膝《ひざ》に活を入れ、指先に力を込める。

コンクリートを一周した塚原がふたたび視界に現れた。その全身も、もはやずぶ濡れだ。髪《かみ》から雫《しずく》が滴《したた》り、なめし革《がわ》のような肌《はだ》を雨の筋が流れ落ちる。それでもその顔は、不屈《ふくつ》のエネルギーに満ちていた。

現場を守るという強い意志のもとに。

「――よし」

ロープをきつく鉄パイプに結びつけ、シートを固定し終えた塚原が言った。

「もう離《はな》していい」

その声を聞いた刹那《せつな》、体中の力が抜《ぬ》けて、その場にぐずぐずとうずくまりそうになる。よろめく尚史を塚原の逞《たくま》しい腕が支えた。

「とりあえず一時避難《ひなん》だ」

手を引かれ、隣《とな》りの建物の軒先《のきさき》へ逃《のが》れる。

湿《しめ》った壁にもたれるようにして、尚史は「はぁ……はぁ」と荒《あら》い息を吐《は》いた。手足が鉛《なまり》を含《ふく》んだみたいに重くてだるい。

「大丈夫か？」

気遣わしげな塚原の問いに、こくりと頭を縦に振った。

「それより……大丈夫でしょうか」

依然《いぜん》暴風雨に晒《さら》されているコンクリートを視線で示す。

「しばらく様子を見たほうがいいな」

やはり現場を睨《にら》んで塚原が答えた。その横顔を見つめて問いを重ねる。

「塚原さんは、どうしてここに？」

「あれから事務所に戻ったんだが、雨脚がひどくなったのが気になってな」

道は違《ちが》えども自分たちは同じ経緯《けいい》を辿ったのか。

「しかし、まさかおまえが先に来ているとは思わなかった」

双眸《そうぼう》を細めた塚原のつぶやきに、尚史は目を瞬《しばたた》かせる。

たしかに以前の自分ならば考えられない行動だった。この嵐の中、体を張ってコンクリートを守ろうだなんて――。

責任感からというより、もっと衝動的《しょうどう》な行動だった。

どうしても、この手で現場を守りたくて。

「寒くないか？」

その台詞《せりふ》で顔を上げた尚史は、いつからか自分を見つめていたらしい塚原と目が合った。黒髪が濡れて、いつもより若干《じゃっかん》若く見える男の風貌《ふうぼう》を認め、自分の状態をも顧《かえり》みる。

「……あ」

着替《きが》える頭も働かずに着の身着のまま飛び出した結果、頭の先から靴《くつ》の中までずぶ濡れな自分。

「すみません。せっかくのスーツと靴が…」

謝りかけた言葉が途中《とちゅう》で途《と》切《ぎ》れた。塚原の手が不意に伸《の》びてきて、尚史の眼鏡《めがね》のフレームに触《ふ》れたからだ。

硬直《こうちょく》している間に、眼鏡をすっと外される。

とたんに自分がひどく無防備になった気がして、尚史は小さく震えた。

「返してください」

目の前の恐《こわ》いほど真剣《しんけん》な表情《かお》に、上擦《うわず》った声で訴《うった》える。

「…………」

バリアを失った素顔《すがお》を、食い入るように見つめる視線が痛い。

「返し…」

取り戻そうと伸ばした手をぐっと引かれ、前のめりになった次の瞬間、尚史は塚原の広く厚い胸に抱き留められていた。

「………っ」

抗《あらが》う間もなくぎゅっと抱き締められ、背中がしなる。

男の熱い首筋から立ち上る雨の匂《にお》い。

その力の強さにめまいがした。

「つ…かはら…さ……」

至近距離にある褐色《かっしょく》の双眸がじわじわと細まる。

「何す……」

小さく喘《あえ》いだ直後、厚みのある大きな手のひらで頤《おとがい》を摑まれた。

熱っぽい唇に唇を覆《おお》われる。ざらりとした舌先で唇を舐《な》められ、びくんとひるんだ隙《すき》に、濡《ぬ》れた舌が中に入り込んできた。

「んん……っ」

口腔《こうこう》内を荒々《あらあら》しく貪《むさぼ》られて腰《こし》が砕《くだ》けそうになる。思わず塚原の逞しい胴《どう》にしがみつくと、大きな手に後頭部を摑まれ、より強く引き寄せられた。

「ん……ふ……っ」

喉《のど》の奥まで犯《おか》される苦しさに涙《なみだ》が滲《にじ》む。

くちゅくちゅと濡れた音を立てて絡《から》まり合う舌。混ざり合う唾液《だえき》。想像していたよりずっとずっと熱くて激しい――気が遠くなるようなキス。

ようやく名残惜《なごりお》しげに男の唇が離れても、尚史はしばらく自分の足で立てなかった。塚原の腕に震える手でしがみつく。

「ずっと……眼鏡を外した顔を見たいと思っていた」

耳殻《じかく》を震《ふる》わす深い低音。

(なぜ？　なんで……キスなんか)

混乱した思考のまま、目の前の男らしい貌を見上げ、褐色の双眸としばらく見つめ合う。雨音より大きく、お互《たが》いの心臓の鼓動《こどう》が聞こえるようだ。

塚原の黒い瞳《ひとみ》に宿る欲情の色。

ぞくりと背中が疼《うず》く。

きっと自分も今、同じような顔をしている……。

そう思った瞬間、体の芯《しん》が急激に冷えた。

そんな浅ましい顔を見られたくない。

男の灼《や》けつくような凝視《ぎょうし》から視線を逸《そ》らした尚史は、塚原の肩越《かたご》しの光景にふっと目を瞠った。

「雨が……」

始まりと同じくらい唐突《とうとつ》に雨は止《や》んでいた。


風が収まってから、ふたりがかりでもう一度きちんとシートを固定し直した。

塚原を手伝って作業をしている間に、少しずつ頭が冷静になってくる。

西麻布のリストランテで塚原はかなり呑《の》んでいた。もともとがどれほど強いのかはわからないが、食前酒の他《ほか》にフルボトルのワインをふたりで一本空けたのだから、まったくの素面《しらふ》ということはないだろう。

おそらくまだ酔《よ》いが残っていたのだ。

さらには雨風に打たれて高揚《こうよう》した気分が、彼を突飛《とっぴ》な行動へと駆《か》り立てたに違いない。

そうでなければ、ノーマルな塚原があんなことをするわけがない。

(男にキスなんか、するわけがない)

自分に言い聞かせるほどに、徐々《じょじょ》にもの悲しい気分になってくる。

だけど自分は違《ちが》う。

自分はさっき、塚原のくちづけに酔いながらも、自分を抱《だ》き締《し》める硬《かた》くて大きな体に欲情した。キスだけじゃ足りない、もっともっと深い愛撫《あいぶ》が欲しいと思った。

アルコールの余韻《よいん》なんかじゃない……。

認めた瞬間《しゅんかん》、胸の奥からどっと熱い感情が込み上げてくる。

(どうしよう)

塚原が好きだ。

仕事相手としてじゃない。尊敬とも違う。もちろん尊敬もしているけれど、これはもっと熱くて狂《くる》おしい感情。

塚原が好きだ。

自ら定めた禁忌《タブー》を犯してしまうほどに。

(好き……なんだ)

切ない想《おも》いの丈《たけ》を胸の中で繰《く》り返していた尚史は、塚原の声ではっと我に返った。

「とりあえずはこれで大丈夫《だいじょうぶ》だろう。だが念を入れて、明日シートを新しいものに替《か》えたほうがいいな」

「……はい」

うなずきながら胸許《むなもと》のポケットを探《さぐ》り、震える指で眼鏡を引き出す。眼鏡を装着することで、かろうじて仕事モードをたぐり寄せた。

「私の天候に対する認識が甘かったです。さらには現場監督《かんとく》不行き届きでした」

敢《あ》えて無表情を装い、硬い声音《こわね》で詫《わ》びる。

「有名建築家のお手を煩《わずら》わせてしまって、申し訳ございませんでした。二度とこのようなことのないように気をつけます」

他人行儀《たにんぎょうぎ》な物言いに、男の眉間《みけん》が筋を刻んだ。不機嫌《ふきげん》そうなその表情から、そっと視線を逸らす。

「……もう一時だ。戻《もど》りましょうか」

そう告げて踵《きびす》を返し、自分の車に戻りかけた尚史の背後から声がかかった。

「――柏樹」

聞こえないふりをしていると、苛立《いらだ》った声に呼ばれる。

「尚史！」

初めて名前を呼ばれて肩《かた》がぴくっと震えた。

指の先から、じわじわと全身が熱くなる。

今すぐ振《ふ》り返って、その大きな胸に飛び込みたい。

だが、尚史はそんな自分を必死に抑《おさ》え込んだ。

好きだからこそ、彼の一時の気の迷いに乗じてしまいたくなかった。

塚原はいずれ日本を代表することになる建築家だ。戯《たわむ》れにも、男と関係など持っていいはずがない。そんなことは絶対にあってはならない。

戒《いまし》めを胸にゆっくりと振り返り、背後に立つ塚原に告げた。

「……さっきの話は嘘《うそ》です」

「何？」

「男ととうに切れたという話。実は腐《くさ》れ縁《えん》で、体の関係だけまだ続いているんです。気持ちは冷めてもセックスの相性《あいしょう》がよくて」

みるみる険を孕《はら》む塚原に向かって、わざとはすっぱな笑《え》みを浮《う》かべる。

「どうします？」

「…………」

「一晩のお遊びならつきあいますが？」

「…………」

男がきつく眉《まゆ》を寄せた。肩を竦《すく》め、ふたたび身を返した尚史は、ひとり自分の車へと歩み去った。


その夜は眠《ねむ》れなかった。ベッドの中で何度も寝返《ねがえ》りを打つ。

冴《さ》えた脳裏《のうり》に浮かぶのは、最後に見た塚原の顔。

憤《いきどお》りを浮かべつつも、どこかが傷ついたかのような表情が頭から離《はな》れない。

この仕事が終わったら、二度と塚原の依頼《いらい》は引き受けないことにしよう。

父の遺志には叛《そむ》くことになるが、自分の気持ちに気がついてしまった以上、彼の側《そば》にいても辛《つら》いだけだ。

あの物件が終わるまで――。

そう思い決めると、少しだけ気分が楽になる。

逃《に》げることで救われようとする自分は卑怯《ひきょう》だけれど……。

（塚原さん）

お互いにずぶ濡《ぬ》れだったにもかかわらず、燃えるように熱かった抱擁《ほうよう》を思い出し、尚史は枕《まくら》に伏《ふ》して唇《くちびる》を噛《か》んだ。

今までの恋愛《れんあい》は、すべて相手側のアプローチから始まっていた。ひとり暮らしの寂《さび》しさも手伝って、ある程度の条件を満たす相手ならばつきあっていた。

振り返れば、自分から誰《だれ》かを好きになったり、恋《こ》い焦《こ》がれたことは一度もない。だからこそ、いつも未練なく自分から別れを切り出せていたのかもしれない。

けれど、この想いは違《ちが》った。

体の関係もないのに、こんなふうに相手を想うだけで胸が苦しくなるような経験は初めてだ。

しかしだからこそ余計に、塚原の経歴に傷をつけるようなことはできない。絶対にしてはいけないのだ。

4

暴風雨の翌朝、シートを交換《こうかん》するために尚史は現場へ向かった。

幸いコンクリートに目立った損傷はなく、ほっと胸を撫《な》で下ろす。

そのことを一応知らせようと、塚原に連絡《れんらく》を入れたが、多忙《たぼう》な建築家は仕事で海外に出向いていた。

『上海のコンペティションにノミネートされているので、参加するために午前中の便で発ったんですよ。戻りは明後日になるらしいです』

電話口の豊田の説明に、こっそりと安堵《あんど》の息を吐《は》く。実のところ、昨日の今日で塚原と話をするのは気が重かったのだ。

『でも、昨日の雨のことを気にかけていたみたいなんで、順調ならよかったです。連絡が入ったらそう伝えておきますね』

「よろしくお願いします。型枠《かたわく》を外す日が決まったら、またご連絡致しますので」

型枠を取り外す日取りの決定は、現場監督の裁量に任せられる。あまり早いとコンクリートがまだ固まりきらず、角が欠けたりする不具合が起こる。かといって長く待って、また雨に降られるのも心配だ。

一日に何度も現場へ通って様子を窺《うかが》った末に、打設から四日目に決めた。その日の昼に塚原も帰国するということで、当日は立ち会えるとの連絡を豊田経由でもらった。

あと数日でこの数ヵ月の成果が問われる――という緊張《きんちょう》とは別に、尚史は落ち着かない日々を過ごしていた。

諦《あきら》めると決めたのに、気がつくと考えているのは塚原のこと。とりあえず機械的に仕事をこなしながらも、頭の半分は塚原の残像に占拠《せんきょ》されている。

深い声と揺《ゆ》るぎない眼差《まなざ》し。包み込むような微笑《ほほえ》み。そして熱かった抱擁。

それらがフラッシュバックするたび、湿《しめ》った綿が詰《つ》まったみたいに胸が重苦しくなる。

食欲が湧《わ》かない。寝つきも悪い。

誰かを想《おも》って眠れぬ夜を過ごすことなど初めての経験だった。

前日の夜は、明日は塚原に会うのだと思うと、益々眠れなくなった。

闇《やみ》に沈《しず》む天井《てんじょう》を睨《にら》んで思う。

明日、塚原に会ったら、この物件を最後の仕事にしたいと言おう。

型枠を外してもまだ箱の原型ができた段階で、これから撥水剤《はっすいざい》を塗《ぬ》ったり手直しをしたりと、細かい作業は山ほど残っている。

最終的に塚原は、内部にもいろいろな構想を持っているようなので、そのあたりはまたこれから詰めていくことになるのかもしれない。それでも「区切り」を口にすることで、自分の気持ちに踏ん切《ふんぎ》りをつけたかった。

取り乱さずにきちんと言えるだろうか。

いや、言わなければ。

悶々《もんもん》と寝返りを打つばかりで、ついに一睡《いっすい》もできないままに迎《むか》えた翌朝。

尚史の重苦しい気分とは裏腹に、当日の作業は順調だった。朝から型枠の取り外し作業を始めて、三時過ぎには完了《かんりょう》する。

工事開始から三ヵ月、ようやく日の目を見たコンクリートの出来は、かなりよかった。

「きれいですね。これならうちのボスも満足だと思いますよ」

様子を見に来てくれた豊田にお墨《すみ》つきをもらい、少し安心する。

午後四時過ぎ、塚原のジャガーが現場に到着《とうちゃく》した。

車から降りてくる偉丈夫《いじょうふ》を遠目に捉《とら》えただけで、心臓がトクンと跳《は》ねる。

（……塚原さん）

その名を胸内で切なくつぶやいて、尚史は近づいてくる男を待った。

「お疲《つか》れ様です。空港から直接こちらですか？」

「いや、一度家に寄ってきた」

豊田の問いに答えてから、塚原が尚史に視線を向ける。塚原の表情はビジネスのそれで、数日前の出来事の余波は微塵《みじん》も窺わせなかった。

「いよいよだな」

尚史もまた、すべての感情を抑え込み、いつもの無表情で応じた。

「はい」

コンクリートの箱まで足を運んだ塚原が、まずはぐるりと周囲を一周する。次に少し距離《きょり》を置いて全体を眺《なが》め、最後にすぐ側まで近づき、外壁《がいへき》に手を触《ふ》れた。

鋭《するど》い眼差しで出来映《できば》えを確認する男の横顔を、尚史も緊張の面持《おもも》ちで見守る。

やがて、男がうなずいた。

その満足そうな横顔を見て、ふっと肩《かた》の力が抜ける。それと同時に胸が熱くなった。

(よかった)

塚原の想いを形にすることができて。

本当に……よかった。

これでもう心残りはない。

塚原は今まで自分が知らなかったことを教えてくれた。

ものを作る喜び。それに携《たずさ》わる充実感《じゅうじつかん》。

責任感だけで携わっていた仕事に「こだわり」という張り合いをくれた。

今ならば、利益よりも仕事内容を重視した父の気持ちがわかる。その父についてきた社員の気持ちも……。

「柏樹、中に入るぞ」

声をかけられ、先に立った塚原のあとについて歩き出す。

エントランスの暗い通路を歩きながら、ふたたび緊張が蘇《よみがえ》ってきた。やはり塚原が一番初めに入るのが筋であろうと思ったので、尚史もまだ中には足を踏み入れていなかったのだ。

室内に入ったとたん、ひんやりと冷たい空気が身を包む。

「……………っ」

目の前の光景に、尚史は息を呑《の》んだ。

簡素な四角い箱の、四つの壁面《へきめん》に走る縦長のスリット。そして、天井の十字の切れ込み。それらから一斉《いっせい》に陽光が差し込み、ちょうど箱の中央部分でクロスしている。

「……きれいですね」

思わず、吐息《といき》混じりの感嘆《かんたん》が漏《も》れた。

薄暗《うすぐら》い箱の中の静謐《せいひつ》な光は、息を呑むほどに美しい。

何かに引き寄せられるようにふらふらと前へ出た尚史は、光の帯に手で触れた。

「塚原さんが表現したかったのは、この光だったんですね」

厳《おごそ》かで高潔で——なのにその中に身を置くとほんのりあたたかい——この光を演出するために、彼は細部にこだわり続けたのだ。箱自体の大きさ、壁《かべ》の面積、スリットの幅《はば》によって変わる採光を何度もシミュレートして。

「これは……施主《せしゅ》の方も、きっと気に入ってくださると思います」

振《ふ》り返って心からの言葉を告げると、塚原が近づいてきた。尚史の隣《とな》りに肩を並べた男が、トラウザーズのポケットに手を入れてつぶやく。

「ここは、俺が育った土地なんだ。当時は木造の、今にも朽《く》ちそうな平屋が建っていた」

思いがけない告白に、尚史は目を見開いた。

「塚原さんの……生まれた土地？」

常に自信に満ちた立ち居振る舞《いふま》いから、なんとなく彼は生まれつき裕福《ゆうふく》な出自なのだと思っていたからだ。

「中学一年で両親が事故で死んで、俺は祖父に育てられた」

淡々《たんたん》とした口調で、『帝王《ていおう》』のイメージとは程《ほど》遠い過去が紡《つむ》がれる。

「正直なところ暮らしは楽じゃなくてな。いつか金持ちになって祖父に楽をさせたいと、子供の頃《ころ》はそればかり考えていた」

「塚原さん」

「だが間に合わなかった。俺が建築で身を立てる前に祖父は死んだ。——死の間際《まぎわ》、祖父が苦しい暮らしの中でこつこつと貯《た》めた金を俺に渡《わた》して言ったんだ。これでいつか俺が設計した家を建てて欲しい、と」

とても家など建つ金額じゃなかったが、と薄《うす》く笑う。

「当時はまだ学生だったから、建築家になるという夢が叶《かな》わなかった時のためにせめても…と思ったんだろう」

「それが……あの初めの金額？」

一番初めに提示された額の少なさを思い出した。

「そうだ。土地は俺が買ったが、できればうわものは祖父の金で建てたかった。……それも土台無理な話だったが」

顔を傾《かたむ》けた塚原が、まっすぐ尚史を見て言った。

「この話をしたのはおまえでふたり目だ。もうひとりはおまえの親父《おやじ》。まだ俺が駆《か》け出しの若造だった頃に酒を酌《く》み交《か》わしながら話をした。その時彼は、ならばいつか自分が建ててやると約束してくれた」

それが父の遺言《ゆいごん》の理由だったのだと、尚史は気づいた。おそらくは、果たせなかった塚原との約束が唯一《ゆいいつ》の気がかりだったのだ。

「この匣《はこ》は……亡《な》くなったお祖父《じい》さんを偲《しの》ぶモニュメントなんですね」

男はかすかにうなずいた。

「須賀というのは俺の旧姓《きゅうせい》だ。前妻と一緒《いっしょ》になった時に塚原の家と養子《ようし》縁組《えんぐみ》をしてな。別れたあとも便宜上《べんぎじょう》、塚原を名乗ったままになっている」

塚原新也という名が世界的に有名になっている以上、それも致《いた》し方《かた》がないことなのだろう。

「ずっと……もう何年も構想は頭の中にあったが、想《おも》いが強すぎてなかなか形にならなかった」

淡《あわ》い光を見つめ、塚原がつぶやく。

「祖父は庭のハナミズキの樹《き》が好きで、暇《ひま》があれば眺めていた。あの樹を伐《き》らずに建てるのは困難だとわかっていたが」

そこで一度言葉を切り、ふたたび尚史に視線を向けて微笑《ほほえ》んだ。

「本当によくがんばってくれた。あの暴風雨の中で身を挺《てい》してコンクリートを守ってくれたことも感謝している。ありがとう」

「……塚原さん」

やさしい笑《え》みとねぎらいの言葉に、胸が詰《つ》まる。

「七月の三十日が祖父の命日なんだ。それまでに形にしたいというのは俺の勝手な思い入れだったが、それをおまえは現実のものにしてくれた」

「こちらこそ……ありがとうございました」

唇《くちびる》が震《ふる》えそうになるのを、尚史は懸命《けんめい》に堪《こら》えた。

「塚原さんと一緒に仕事ができて……幸せでした」

喉《のど》の奥から途切れ途切れに感謝の言葉を絞《しぼ》り出すと、塚原が片眉《まゆ》を持ち上げる。

「まるでこれが最後みたいな物言いだな」

「最後にさせてください」

俯《うつむ》き加減《かげん》に目を伏《ふ》せて、身を切られる思いで告げた。

「尚史？」

「今後は……柏樹建設は、塚原建築事務所の仕事を請《う》けることはできません」

言い切った直後、右肩《みぎかた》に圧力を感じる。大きな手で頤《おとがい》をすくわれ、仰向《あおむ》かされて、激しい眼《まな》差《ざ》しに射貫《ぬ》かれた。

「なぜだ？　理由を言え」

逃《に》げることを許されず、尚史はかすれた声を喉の奥から絞り出す。

「それは……塚原さんのお仕事は……利益が出づらいから……」

「嘘《うそ》をつけ」

低い声で決めつけられ、弱々しく首を左右に振った。

「嘘じゃ……ありません」

「そんなつまらない理由でおまえほどの男が泣くのか？」

そう言われて初めて気がついた。

自分が涙《なみだ》を流していることに。

父の葬儀《そうぎ》でも泣かなかった自分が……。

「尚史」

涙を隠《かく》そうとする腕《うで》を摑《つか》まれ、無理矢理《むりやり》に向き直らされる。塚原の表情は、いつにも増して厳しく、真剣《しんけん》だった。

「俺がおまえの存在を気にかけるようになったのは、柏樹建設が変わったという噂《うわさ》を耳にするようになってからだ。先代の社長にはずいぶんと世話になったし、柏樹建設には個人的な思い入れもあった。プライドを持って質の高い仕事をする施工《せこう》会社は業界の宝だ。できれば変わって欲しくなかった」

「………」

「とにかく一度その息子《むすこ》と組んでみたい。以前からそう考えていた経緯《けいい》もあって、今回おまえを指名した。経験が浅いことは関係ない。要はその人間の本質だ。そいつが逆境を前に逃げない人間かどうか。心の奥底に真摯《しんし》な情熱を持っているか否《いな》かだ」

初めてこの土地を見た日に告げた言葉――おそらく塚原の信念――を繰《く》り返す。

「実際におまえと話をして、会社をそつなく経営する能力には長《た》けていても、建築をどれも同じように表面的に捉《とら》えていることが気にかかった。ものを作る上で一番大切なことはノウハウじゃない。気持ちだ。それが本当にわからないうちは、現場の職人や社員の心を摑めない」

「………っ」

「――だが、この数ヵ月でおまえは変わった。俺の要求にも決して逃げず、食《く》らいついてきた。常に真剣にぶつかってきた。仕事に誇《ほこ》りと情熱を持ち、自分の関《かか》わった建築物件を愛するようになった。そう思ったのは俺の思い違《ちが》いか？」

「それは……違わない……ですけれど」

「尚史！」

肩《かた》を揺《ゆ》さぶられ、それまではかろうじて保っていた無表情の仮面がついに剝がれ落ちる。

「……でも、駄目《だめ》なんです……っ」

顔をくしゃりと歪《ゆが》め、喘《あえ》ぐように声を放ち、尚史は男の手を振《ふ》り解《ほど》いた。しかし、塚原は許さない。今度は両方の肩をきつく摑まれた。

「俺から逃げるな」

「放して……ください。お願いですから」

懇願《こんがん》すると、塚原が突如矛先《とつじょほこさき》を変える。

「恋人《こいびと》の話は嘘だろう？」

「な……」

（なんで、今そんなことを？）

「今もまだ続いているというのは、嘘だな？」

虚《きょ》を衝《つ》かれて瞠目《どうもく》する尚史に、塚原が繰り返し問うた。

「なぜそんな嘘をつく？」

畳《たた》み掛《か》けられて、唇を嚙《か》み締《し》める。

た。

苛立《いらだ》った男にがくがくと手荒《てあら》く揺さぶられた瞬間《しゅんかん》、胸の奥で燻《くすぶ》っていた感情がついに爆発《ばくはつ》した。

「なぜだ？」

「なんでそんなに追い詰めるんですか!?」

強引《ごういん》にも程《ほど》がある。少しはこっちの気持ちも考えてくれ。諦《あきら》めなければと思うほどに狂《くる》おしくも切ない想いが募《つの》り、食欲は湧《わ》かず、もう何日もまともに眠《ねむ》っていない。今にも足許《あしもと》から頽《くずお》れそうなくらい、あなたのせいで弱っているのに！

「私だって嘘なんかつきたくない！　だけど本当のことを言ったら……っ」

「言ったら？」

「………っ」

まっすぐ貫くような視線に囚《とら》われ、尚史は息を呑《の》んだ。

「言ったらなんなんだ？　尚史」

息を詰めて硬直《こうちょく》する尚史を、深い低音が容赦《ようしゃ》なく追い詰めてくる。

「──言え」

傲慢《ごうまん》な命令に押し切られ、尚史は弱々しくつぶやいた。

「……あなたを苦しめることになる」

「俺を舐《な》めるなよ」

間髪《かんはつ》を容《い》れずに放たれたバリトンに、切れ長の目を瞠《みは》る。

「男と寝《ね》たくらいで駄目になるような、そんな弱い男だと思うか？」

「塚原さ……」

「その程度で堕《お》ちるなら、とうに潰《つぶ》されているさ」

政治力がものをいう厳しい業界で、実力で這《は》い上がった男の、ふてぶてしくも魅力《みりょく》的な貌《かお》が、そこにはあった。

「もっとも、おまえに溺《おぼ》れて堕ちるなら本望《ほんもう》だがな」

その不敵な台詞《せりふ》に、最後の迷いが——自らに課した戒《いまし》めが、じわじわと溶《と》かされていく。

敵《かな》わない。この人には……。

「好…き」

薄く開いた唇から心の想いが零《こぼ》れ落ちる。尚史は目の前の男にしがみつき、切ない声で訴《うった》えた。

「……好きです」

「尚史」

首筋に落ちる、塚原の熱い吐息《といき》。

「あなたが好きだ……どうしようもなく」

塚原の手が尚史の眼鏡《めがね》を外し、涙で濡《ぬ》れたこめかみにそっとくちづけた。大きな体で包み込むように抱《だ》き締めて囁《ささや》く。

「俺もだ」

鼓膜《こまく》を撫《な》でる甘美《かんび》な低音に、尚史は震える両腕《りょううで》で男の背をぎゅっと抱き返した。


塚原の運転で運ばれた彼の元麻布の自宅は、ここが都内の一等地であることが信じられないほどに庭が広かった。

一面の緑の芝《しば》を取り囲むたくさんの樹木と、色とりどりの草花やハーブが盛り込まれたイングリッシュガーデン。

建物自体は木とレンガを基調とした二階建てで、英国の片田舎《いなか》でよく見かけるような素朴《そぼく》な雰囲気《ふんいき》の家だった。

「ここもご自分の設計ですか？」

「そうだ。俺が図面を引いて、木材やレンガは英国から取り寄せた」

塚原が尚史の表情に気がついて唇《くちびる》の端《はし》を持ち上げた。

「なんだ？　意外か？」

「ええ……少し。事務所とは全然雰囲気が違《ちが》うので」

「くつろぐための住宅と仕事場じゃ設計コンセプトが違うさ」

真鍮《しんちゅう》のドアノッカーがついた木の扉《とびら》の前に立ち、ジャケットのポケットから鍵《かぎ》を取り出す塚原を見つめながら、幸せな気持ちを噛み締める。

(なんだか……夢みたいだ)

今こうして、塚原とふたりで、彼の自宅の前に立っているなんて。

ついさっきまで、この想《おも》いをどうやって断《た》ち切ればいいのかと、途方《とほう》に暮れていたのに。

結局、あのまま現場を離《はな》れてここまで来てしまった。会社には、塚原と打ち合わせがあるから戻《もど》りが少し遅《おそ》くなると携帯《けいたい》で連絡《れんらく》を入れたけれど。

『遅くなるようなら直帰してくださいよ。ずっと休みなしだったんですから』

電話口の青木の言葉を思い起こしていると、ドアを開けた塚原が振り返った。

「入ってくれ」

「……お邪魔《じゃま》します」

初めて足を踏《ふ》み入れる、塚原のプライベート・スペース。

意識した瞬間、心臓がトクンと脈打つ。

かすかに震《ふる》える指で靴紐《くつひも》を解いていた尚史は、何かが廊下《ろうか》を駆《か》けてくる気配を察して顔を上げた。直後、どんっという衝撃《しょうげき》にのけ反る。

(えっ?)

躱《かわ》す間もなく、のしっと胸のあたりに重みを感じた。続いて生あたたかくてざらざらしたものが顔に触《ふ》れる。薄目《うすめ》を開けた先に、黒い大きな鼻とつぶらな瞳《ひとみ》。

「う……わっ……ひゃあ」

べろんべろんと頬《ほお》を舐められて悲鳴をあげると、塚原の叱責《しっせき》が聞こえた。

「オーギュ！」

尚史の胸に前足をかけていた大型犬がくるりと身を返して、たったったっと主人の足許まで走る。腰《こし》をかがめた塚原が、犬の長い耳を引っ張りながらその鼻先に言った。

「あんまり美人でおまえがのぼせ上がる気持ちはわかるが、今度から尚史にキスする時は俺に断れ。こいつは俺のものだ。わかったな。——返事は？」

「ウ……ワウ！」

主従の会話に尚史は頬が熱くなった。

室内は、やはり木の風合いを活《い》かした造りで、ナチュラルな古木が剝《む》き出しになった梁《はり》などは、まるでコテージのような趣《おもむき》だった。板敷《いたじ》きの床《ゆか》に巨大《きょだい》なラグが敷《し》かれ、その上には真っ白なソファセット。奥にはレンガ造りの暖炉《だんろ》も見える。木製のカウンターの向こうは、どうやらオープンキッチンになっているようだ。窓から差し込む自然光に照らされて、壁掛《かべか》けのフライパンがきらきら光っている。

「何か呑むか？」

ジャケットを脱《ぬ》いだ塚原が問いかけてきた。

「いいえ」

「じゃあメシは？　腹は空《す》いてないか？」

ふたたび首を振る。朝から何も食べていなかったが、胸がいっぱいなせいか、はたまた緊《きん》張《ちょう》しているためか、食欲はなかった。

「遠慮《えんりょ》せずになんでも言えよ」

塚原がちょっと不服そうに唇を曲げる。

（なんでもって言われても……）

「………」

とっさには返答が出来ず、微妙《びみょう》に強《こわ》ばった顔で黙《だま》っていると、緊張を解《ほぐ》そうとでも思ったのか、思いもよらないことを言われた。

「風呂《ふろ》はどうだ？」

「え？」

振《ふ》り上げた視線の先で、塚原が鷹揚《おうよう》な笑《え》みを浮《う》かべている。

「うちの風呂はでかいぞ。ゆっくり湯に浸《つ》かって現場の汗《あせ》を流してこいよ」

たしかにその浴室は塚原が自慢《じまん》するだけのことはあった。総タイル張《ば》りの室内はゆったりと広く、白い陶製《とうせい》のバスタブは、男が優に脚《あし》を伸《の》ばせるサイズだ。

湯船に浸《つ》かりながら天窓を見上げた。

空が見える贅沢《ぜいたく》なバスルーム。

もう少ししたら星が見えるんだろうか。

全身を包み込む絶妙《ぜつみょう》な湯加減に、ゆるゆると目を閉じる。

こんなにくつろいだ気分は何ヵ月ぶりだろう。

塚原の仕事を始めてからは緊張の連続で、気が休まる暇《ひま》もなかった。さらには自分の気持ちに気がついてしまってからは、夜も眠《ねむ》りが浅くて……。

あまりの心地《ここち》よさに、いつの間にかうとうととしてしまっていたらしい。

「……尚……」

——誰《だれ》かが遠くで自分を呼んでいる。

「……う、ん」

夢うつつの狭間《はざま》でぴくりと身じろいだ時だった。

「尚史！」

突然肩《とつぜんかた》を揺《ゆ》すぶられ、跳《は》ねるように半身を起こした尚史は、至近に塚原の顔を認めて目を丸

くした。

「塚原さ…ん？」

眉《まゆ》をひそめた男が、低く叱《しか》る。

「人の家の風呂で寝《ね》るな」

「すみません……あんまり気持ちがよくて……」

謝りかけて、自分が全裸《ぜんら》であることに気づいた。刹那《せつな》、心許《こころもと》なさに全身が震える。

ノーマルな塚原に、自分の裸《はだか》を見られることは、恥《は》ずかしいというより恐《こわ》かった。男の肉体を白日の下に曝《さら》け出して、それでも好いてもらえる自信はない。

「……放してください」

顔を背《そむ》け、反射的に逃《に》げようとした肩《かた》を、ぐっと引き寄せられた。

「………っ」

濡《ぬ》れた体をきつく抱《だ》きすくめられる。

「塚……」

「……何度も呼んだのに答えないから、心配したぞ」

首筋に落ちるかすれ声。合わさった胸から伝わる鼓動《こどう》が少し速い。

それがなんだか切なかった。

「服が……濡れます」

尚史がつぶやくと、塚原は身を剝がした。今度はゆっくり唇が近づいてきて、そっとくちづけられる。

「早く出てこい」

低い囁《ささや》きを残し、男は浴室から出ていった。

さっきはゆっくり入れって言ったのに……。

甘いキスの余《よ》韻《いん》に浸《ひた》りながら、尚史は小さく笑った。


用意されていたバスローブを羽織り、濡れた髪をタオルで拭《ふ》きながらリビングへ戻る。

塚原は板間にあぐらを掻《か》き、オーギュに餌《えさ》をやっていた。

夕陽《ゆうひ》に赤く染まるその後ろ姿を眺《なが》めているうちに、父の葬儀《そうぎ》の時の背中が蘇《よみがえ》ってくる。

尚史は男の側《そば》まで近づいて膝《ひざ》を折った。

床に座り、無言で広い背中に寄りかかる。肩胛骨《けんこうこつ》に額をくっつけて、大きな体を抱き込むように両腕《りょううで》を前に回した。すぐに熱い手が手に重なってきて、ぎゅっと握《にぎ》られる。

「待ちくたびれたぞ」

「すみません」

手首を引かれ、反転した塚原に抱き締《し》められた。唇《くちびる》が重なってくる。求められるがままに唇を開くと、濡れた舌が入り込んでくる。

「……んっ」

塚原の膝の上に乗るような形で、口腔《こうこう》内を貪《むさぼ》られた。厚みのある舌で、上顎《うわあご》の裏の敏感《びんかん》な粘《ねん》膜《まく》や歯列をまさぐられる刺激《しげき》に、喉《のど》の奥から甘ったるい息が漏《も》れる。

「……ん……ふ……んっ」

熱っぽいキスに酔《よ》いつつも、ふと、耳許《みみもと》の荒《あら》い息遣《いきづか》いが気にかかった。

「ハァ……ハァ」

そっと薄目を開けると、オーギュが仲間に入ろうとして必死に鼻先を押しつけてきている。

小さく舌を打った塚原が、愛犬の鼻先でしっしっと手を振った。

「こら、離《はな》れろ。こいつは俺のもんだと言っただろうが」

だが新しい遊びだと思っているらしいオーギュも、おいそれとは引かない。

「ウウッ」

結局は苦笑《くしょう》した塚原が立ち上がり、尚史に手を差し伸べて言った。

「こいつに邪魔《じゃま》されない場所へ行こう」

ぐいっと腕《うで》を引き上げられた次の瞬間《しゅんかん》、今度はふわりと体が浮いた。

「つ、塚原さんっ」

驚《おどろ》いて男の首にしがみつく。

「見た目どおりに軽いな」

いくら軽くても、普通《ふつう》は男をお姫様《ひめ》抱っこするだろうか。さっきの風呂場の件といい、案外、恋人関係《こいびと》になるとベタベタに甘やかすタイプなのかもしれない。

強面《こわもて》で鳴らす男の意外な一面に面食《めんく》らいはしたが、逞《たくま》しい腕に身を委《ゆだ》ねるのは心地よかった。

「そうだ。そうやってちゃんと摑《つか》まってろ」

百七十七センチの成人男子を軽がると抱《かか》え上げた塚原は、揺るぎない足取りでリビングを横切った。階段を上がり、二階の突《つ》き当たりの部屋のドアを開ける。室内に入ると、追ってきたオーギュの鼻先でバタンとドアを閉めた。「クーン」という寂《さび》しげな声が聞こえる。

可哀想《かわいそう》だったが、尚史にもオーギュを構う心の余裕《よゆう》はなかった。

寝室《しんしつ》らしき部屋の、キングサイズのベッドの上にやさしく落とされる。上体を起こす前にギシッとベッドを軋ませて、塚原の大きな体が覆《おお》い被《かぶ》さってきた。

仰向《あおむ》いた尚史の頰《ほお》に手のひらが触《ふ》れる。

「……尚史」

腰《こし》に響《ひび》くような深い低音。下半身に密着する――硬《かた》く張りつめた筋肉の重みが気持ちいい。

目線の先の、彫《ほ》りの深い男らしい貌《かお》。ほどよく陽《ひ》に灼《や》けた肌《はだ》。高い鼻梁《びりょう》と太い眉。

まっすぐ自分を見下ろす褐色《かっしょく》の双眸《そうぼう》に、欲情の色を認めた尚史は、下腹部が甘苦しく疼《うず》くのを感じた。

「塚原…さん」

熱を孕《はら》んだかすれ声で名を呼ぶと、塚原の手が伸びてくる。紐《ひも》を解くこともせず、少し性急な手つきでバスローブの合わせ目を開かれた。肩から胸にかけてが剝《む》き出しになる。

「あ……っ」

少し厚めの唇が下りてきて、首筋を軽く吸われた。そのまま肉感的な唇が、肌理《きめ》を味わうようにゆっくりと滑《すべ》り落ちる。鎖骨《さこつ》の窪《くぼ》みを舌先でつつかれ、それだけで全身の産毛《うぶげ》がそそけ立つ。心臓が破裂《はれつ》しそうに高鳴った。

「待っ……」

思わず、男のシャツの背中を摑んだ。

ほんの入り口の愛撫《あいぶ》で、すでに感極《きわ》まりそうな自分に戸惑《とまど》っていた。

たしかに二年以上のブランクがある。それに、本当に好きな相手と抱き合うのは生まれて初めての経験だ。

でも、だからといって……。

二十九にもなってティーンエイジャーのように昂《たか》ぶっている自分を知られたくなくて、尚史はわざと挑《いど》むような声を出した。

「いつも、こんなにせっかちなんですか？」

視線を上げた塚原が、唇を官能的に歪《ゆが》めて薄《うす》く笑う。

「俺をいくつだと思っている？」

「…………」

逆に問い返されて、尚史は赤面した。

そうだ。塚原ほどの男なら経験も相当に豊富だろう。そんな男が自分相手にがっつくなんて、思い上がりも甚《はなは》だしい。

「すみません……」

「おまえだからだ」

低い囁きに、尚史は羞恥《しゅうち》に伏《ふ》せていた視線を上げた。自分を見つめる塚原の眼差《まなざ》しは、驚くほどに真摯《しんし》で熱い。

「おまえが相手だと、俺はガキみたいに余裕がなくなる」

天下の塚原新也が、余裕がない？　自分と同じように？

「……嘘《うそ》」

「嘘じゃない。待ちくたびれたと言っただろう。気持ちも体も欲しいと思った時から、ここまで焦《じ》らされたのは初めてだぞ」

男の台詞《せりふ》に瞠目《どうもく》する。

「それって……いつからですか？」

「おまえを初めて、仕事のパートナー以上の対象として意識した時期か？」

塚原が思案を巡らすように眉根《まゆね》を寄せた。

「正確にいつとは言えない。正直に言って、初めの頃《ころ》は頭はいいが融通《ゆうずう》のきかない堅物《かたぶつ》だと思っていた。だが、共に仕事に取り組むうちに、クールな外見に反して、内面に闘志《とうし》を秘《ひ》めているることに気がついた。親父《おやじ》さんの遺志を継《つ》ぐために、慣れない業界に飛び込む気概《きがい》もある。ひとりの男として信頼《しんらい》に足る相手だと思った時から徐々《じょじょ》に惹《ひ》かれ始めて……いつの間にかどっぷりとはまっていた」

心からのものとわかる男の言葉に胸が熱くなる。うれしかった。外見ではなく、内面に惹《ひ》かれたと言ってもらえて。

「私は……別れ話をしているところをあなたに目撃《もくげき》された時は、仕事から下ろされるか、そうでなくとも一線を引かれると覚悟《かくご》しました。でもあなたは私の性癖《せいへき》を知ってなお、私を色眼鏡《めがね》で見ることはしなかった」

「多少驚きはしたが、そういうこともあるかといった程度だった。海外にはゲイを公言している建築家も多い。——のちのち自分がそいつに惚《ほ》れるとは、あの時は思いもよらなかったしな」

過去を振《ふ》り返る顔つきで塚原がつぶやく。

「食事に誘《さそ》った時にはしっかり下心があった。せめてこの仕事が終わるまでは自制するつもりが、嵐《あらし》の中で細い体を張る姿を見て理性が飛んだ。昔の男と切れていないと知って、さすがにショックで上海の接待の席でも食が進まなかった」

「……私も、自分の気持ちに気づいてからは、食事がほとんど喉を通らなかったです」

すっと伸《の》びてきた手の甲《こう》で、頬をやさしく撫《な》でられた。

「辛《つら》い想《おも》いをさせたな」

小さくかぶりを振る。

辛いだけじゃなかった。塚原の些細《ささい》な一言に気持ちが浮《う》き立ち、心があたたかくなったこともたくさんあった。

もしかしたら自分は、塚原に建築の奥深《ぶか》さを教わりながら、恋《こい》についても学んでいたのかもしれない。

「俺のほうは、たとえ本当に切れていなくても、いずれかっ攫《さら》うつもりだったが」

一転、不敵な笑《え》みを浮かべた男が、尚史のバスローブをさらに広げる。それによって、合わせ目ぎりぎりで隠《かく》れていた左側の乳首《ちくび》があらわになってしまった。

すでに芯《しん》を持っていた胸の尖《とが》りを、親指の腹で押し潰《つぶ》される。ぴりっと走った刺激《しげき》に、尚史は身をよじった。

「や……」

嫌《いや》がった刹那《せつな》、今度は熱い粘膜《ねんまく》に覆われる。先端《せんたん》に軽く歯を立てられて、びくんと体が震《ふる》えた。

「塚…原さんっ」

唇《くちびる》で吸われ、硬い舌先で転がされ、ざらついた舌で舐《な》めねぶられているうちに、みるみるそこが膨《ふく》れていく。ようやく解放された時には、左の乳首だけが恥《は》ずかしいくらいに赤く熟れ、大きくなっていた。

取り残された片方がひりひり疼く気がして、思わずねだる。

「こっちも……して」

わずかに塚原の眉根が寄った――かと思うと、右の乳首をきゅっと抓《つね》られる。

「あっ……っ」

悲鳴をあげかけた唇を塞《ふさ》がれ、両方の胸を同時に弄《いじ》られて、尚史は身悶《みもだ》えた。塚原の手が、まだ湿《しめ》っている尚史の髪《かみ》を、荒々《あらあら》しく掻《か》き混ぜる。

「んっ……う、ん」

胸の愛撫で呼び覚まされた官能が、下半身にも伝わっていく。ねっとりと全身を蝕《むしば》む甘い快楽。性器がどんどん張りつめて――つぷっと溢《あふ》れた先走りが軸《じく》をとろりと伝った。

（……どうしよう。こんなに）

太股《ふともも》を伝う濡《ぬ》れた感触《かんしょく》に眉《まゆ》を寄せて耐《た》えていると、滑り下りてきた手でローブの裾《すそ》を割られた。抗《あらが》う間もなく、熱い手のひらに欲望を握《にぎ》られる。

「濡れているぞ」

耳朶《じだ》を甘嚙《が》みしながら低音が囁《ささや》く。改めて言葉で知らしめられる羞恥に、尚史は小さく震えた。塚原がゆっくり手を動かす。扱《しご》かれて、さらに震えが激しくなる。

「あっ……ん——ぁん」

自分の声じゃないみたいな甘ったるい嬌声《きょうせい》に、くちゅくちゅと卑猥《ひわい》な音が重なった。

薄い茂《しげ》みが濡れそぼってしまうほど滴《したた》っている。

信じられない。

こんなに……女みたいに濡れるなんて。

あまりの恥ずかしさにこめかみがジンジンと熱を持った。頰《ほお》が火照《ほて》り、瞳《ひとみ》が潤《うる》んでいるのがわかる。

からからに渇《かわ》いた喉《のど》。きっと今自分は、ものすごくいやらしい顔をしている。

「そんな顔……他《ほか》の男に見せるなよ」

喉に絡《から》むようなかすれ声が落ちてきて、腰紐《こしひも》を解かれた。手荒《てあら》くローブを剝《は》ぎ取られる。

突然《とつぜん》の心許《こころもと》なさに身じろぐ尚史を跨《また》ぐように、塚原が身を起こした。

膝《ひざ》立ちのまま、尚史に射るような眼差しを据《す》えながら、自分のシャツを脱《ぬ》ぎ去る。

間接照明に浮かび上がる褐色《かっしょく》の体に、尚史は息を吞《の》んだ。

なだらかに盛り上がった肩《かた》。張りつめた胸筋。贅肉《ぜいにく》ひとつなく引き締《し》まった腹筋。成熟した雄《おす》のフェロモンが匂《にお》い立つような、完璧《かんぺき》な肉体。

骨張った手首から最後の装飾品《そうしょく》を外した男が、数百万の時計を惜《お》しげもなくベッドに投げ、ふたたびゆっくりと覆《おお》い被《かぶ》さってくる。

熱を帯びた肉体に包まれ、男の汗《あせ》の匂いを嗅《か》いだ瞬間《しゅんかん》、熱い吐息《といき》が漏《も》れた。

（……あぁ）

トラウザーズの前をくつろげた塚原が、すでに充分《じゅうぶん》な質量を持った自身を摑《つか》み出し、もう片方の手で尚史の手首を摑む。導かれた先の熱い勃起《ぼっき》を夢中で愛撫した。

「すごい」

複雑な隆起《りゅうき》に指を絡め、手のひらで撫でさすると、塚原の怒張《どちょう》はさらに嵩《かさ》を増す。

尚史の感嘆《かんたん》に、少し苦しげな声が返ってきた。

「……おまえのせいだぞ」

お返しのように、重く腫《は》れた双球《そうきゅう》を握り込まれ、やさしく揉《も》まれる。男の象徴《しょうちょう》を愛撫《あいぶ》されることがうれしかった。塚原はちゃんと自分を男と認めた上で、抱《だ》き締めてくれている。

自らの蜜《みつ》で濡れそぼった尚史の性器に、塚原は自分の欲望を重ね合わせてきた。擦《こす》りつけるみたいに愛撫されると、耳を塞ぎたいような水音がぬちゅっ、くちゅっと響《ひび》く。

「いい音だ」

恥ずかしい台詞を甘い声で囁いて、さらに塚原は尚史の乳首を口に含《ふく》んだ。先端に軽く歯を立てられるだけで、背筋に快感の電流が走る。

「や……あっ……あ……っ」

上と下を同時に責められ、腰《こし》がとろけそうな快楽にひとしきり喘《あえ》がされたあと、さらに奥へと侵入《しんにゅう》してきた中指に、尚史はひくんっと四肢《しし》を強《こわ》ばらせた。

その反応に気づいた塚原が、顔を覗《のぞ》き込んでくる。

「ここは？　使ったことがないのか？」

双丘《そうきゅう》の奥の窄《すぼ》まりをつつかれてうなずいた。

「あとが辛いのであまり……」

男との経験がない塚原相手では、余計にきついかもしれない。

(それでも……)

塚原のすべてが欲しかった。

辛くてもいい。深く繋《つな》がりたい。

「……してください」

「無理をするな」

「無理じゃないです。……お願い」

腕《うで》を摑んで懇願《こんがん》する尚史を、塚原はしばらく複雑な顔つきで見下ろしていたが、不意に身を起こしてベッドを下りた。全裸《ぜんら》のまま壁際《かべぎわ》に近寄り、サイドテーブルの引き出しを探《さぐ》ると、何かのボトルを摑んで戻《もど》ってくる。

「何もないよりはましだろう」

どうやらボディローションらしく、自身の体液で潤んでいた部分に、さらに生あたたかい液体をたっぷりと塗《ぬ》り込まれた。体の中を指で掻き混ぜられる違和感《いわかん》を、奥歯を嚙《か》み締めて必死に堪《こら》える。

「辛くなったら我慢《がまん》しないで言え」

こくりとうなずいた直後、膝が胸につくほどに深く脚《あし》を折り曲げられた。小さく口を開けた後孔《こうこう》に、灼熱《しゃくねつ》の塊《かたまり》を宛《あて》がわれる。

「………ッ」

挿入《はい》ってくる――。

ものすごく大きなものが。

「あ――あ……あぁっ」

薄《うす》い肉を掻き分《わ》け、灼熱の楔《くさび》が最奥《さいおう》に到達《とうたつ》した瞬間、そのあまりに強烈《きょうれつ》な刺激に尚史は軽く達してしまった。

「……くっ」

きつい締めつけに耐えながらも、ひくひくと痙攣《けいれん》する肉襞《ひだ》にとどまった塚原が、余韻《よいん》に震える尚史の体を抱き締めてくれる。

男は根気強く、涙《なみだ》の滲《にじ》むまなじりや鼻先に唇を押しつけて、尚史をあやした。

「きついか？」

「……大丈夫《だいじょうぶ》……です」

絶頂の余韻が過ぎてしばらく、尚史は男の耳に囁いた。

「……動いて」

初めは探るようにゆっくりと、徐々《じょじょ》に激しく塚原が抜《ぬ》き差しを始める。したたかな脈動が狭《せま》い内部を行き来するたび、尚史は激しい快感に身を震わせた。

「ん……んっ……ふ」

絶え間なく零《こぼ》れてしまう嬌声。一度達して敏感《びんかん》になっているせいか、自分の中をいっぱいに押し広げる、塚原の形までがはっきりとわかるような気がした。

「塚…原…さんっ」

何かを堪えるようにきつく寄った眉根《まゆね》。官能に濡れた瞳。首筋から滴る汗。荒《あら》い息。

自分を抱く男の——何もかもが愛《いと》しい。

「うっ……あぁっ……ん、あっ、ん」

硬《かた》い凶器《きょうき》によって、最奥から引き摺《ず》り出される悦楽《えつらく》。尚史は力強い律動に喘ぎ、猛々《たけだけ》しい突《つ》き上げによがり泣いた。

頑丈《がんじょう》な体の充実《じゅうじつ》した重み。ぎしぎしと軋《きし》む関節の痛みすらが……いい。

男を後ろに受け入れて、こんなに悦《い》いのは生まれて初めてだった。

繋がった部分が灼《や》けるみたいに熱い。

「お願……い……もっと……」

汗に濡れる肩に爪《つめ》を立ててせがむ。

もっと、激しく揺《ゆ》さぶって欲しい。

頭が白くなるくらい——もっと。

「いっぱい……してっ」

「尚史……っ」

貪《むさぼ》るみたいにくちづけられた。唇《くちびる》を深く合わせたまま激しく追い上げられて、頂上へとふたたび駆《か》け上がる。

「い……い……くっ」

白い喉を反らし、高い声で訴《うった》えると、強い力できつく掻《か》き抱《いだ》かれた。

「尚史……愛してる」

耳許《みみもと》に囁《ささや》きが落ち、ほどなく塚原が体内で弾《はじ》ける。

「ん——あぁ——っ」

叩《たた》きつけるような迸《ほとばし》りを最奥で受け止めながら、尚史もまた激しく極《きわ》めていた。

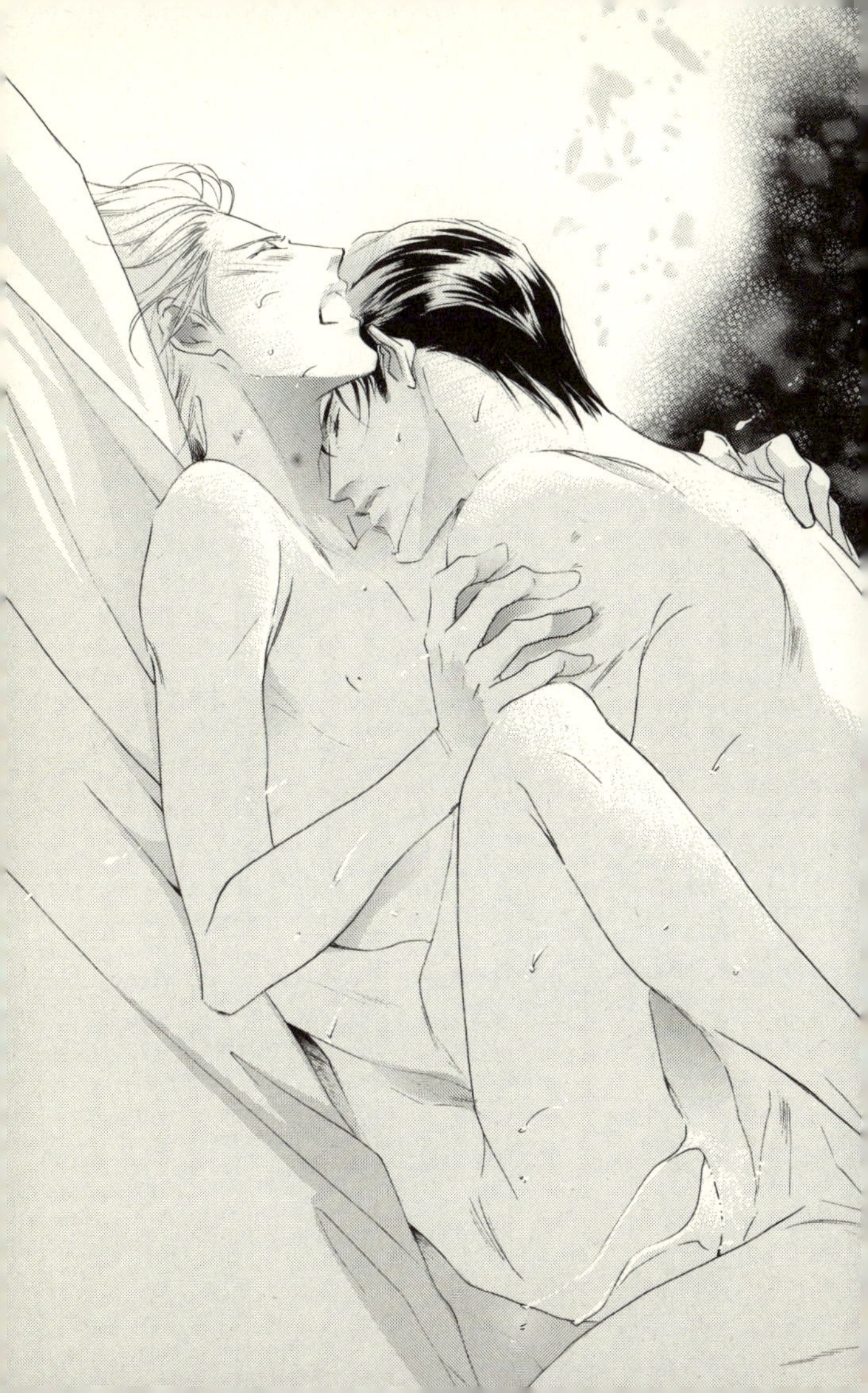

いつしかぐっすりと眠《ねむ》り込んでいたらしい。

カリカリと何かを引っ掻く音に、尚史は重い目蓋《まぶた》をこじ開けた。

……ここは？

間接照明に照らされた見知らぬ部屋。顔を埋《うず》めていた枕《まくら》からわずかに首を起こし、周囲を見回す。——乱れたシーツが目に入ってくる。もう少し首を捻《ひね》り、自分の腰に手を回すようにして眠っている塚原を見て、数時間前の情事を思い出した。

目を閉じても男らしく整った貌《かお》。

甘く気怠《けだる》い余韻を胸に、規則的に隆起《りゅうき》する逞しい腕をそっと剝《は》がし、身を起こした。

（……何時だ？）

ベッドの端《はし》から覗き込んだ床《ゆか》に塚原の腕時計《うでどけい》が落ちている。拾い上げて文字盤《ばん》を確認した。

深夜の十二時二十分。

初めの交わりのあとも情欲の波は去らず、結局、立て続けに二回体を繋げた。お互《たが》いの体液でどろどろになった体をシャワーで清め、精も根も尽《つ》き果てるようにベッドに倒《たお》れ込んだのがたしか七時過ぎだから、五時間は寝《ね》たのか……。

ドアの向こうでまたカリカリと音がした。

尚史は酷使《こくし》した腰を庇《かば》いながらのろのろと起き上がり、やはり床に落ちていたバスローブを拾い上げて纏《まと》った。戸口まで近づき、扉《とびら》を開けると、隙間《すきま》から大きな塊が飛び込んでくる。

「オーギュ」

パタパタと尾《お》を振《ふ》って、オーギュが斑紋のある体をすり寄せてきた。その大きな口が、何かを銜《くわ》えている。

「おまえ、それ……」

リビングに置き忘れていた眼鏡《めがね》だった。おそらくは尚史の匂《にお》いがついているのだろう。

「持ってきてくれたのか。ありがとう」

犬の首を撫《な》でると、うれしそうにクゥ…ンと鼻を鳴らす。

「別に裸眼《らがん》でも大丈夫なんだけど、長年の習慣のせいか、眼鏡をかけていないと落ち着かないんだよな」

涎《よだれ》で汚《よご》れたレンズをローブの裾《すそ》で拭《ふ》きながら、オーギュに説明した。わかったのかわからないのか「ワウ！」と返事が返る。

いざかけようとした刹那《せつな》、背後から伸《の》びてきた手にひょいと眼鏡を取り上げられた。

「塚原さん？」

いつの間にか後ろに立っていた男に驚《おどろ》いて声をあげる。褐色《かっしょく》の裸身《らしん》から先程《ほど》の情事の残《のこ》り香《が》が立ち上っている気がして、なんとなく直視できず、上目遣《うわめづか》いに言った。

「……返してください」

しかし塚原は首を振った。眼鏡を片手で高く掲《かか》げたまま告げる。

「これからは俺の前で眼鏡は禁止だ」

「……え？」

「ただし、他《ほか》の男の前では今までどおりでいい」

とっさに意味がわからず、小首を傾《かし》げる尚史の顎《あご》に大きな手がかかった。

「わからないか？」

ゆっくりと顔を近づけてきた塚原が甘く囁く。

「おまえの素顔《すがお》は俺だけのものだ」

その台詞《せりふ》に小さく微笑《ほほえ》み、「はい」とうなずいた尚史は、思いのほか嫉妬《しっと》深《ぶか》い帝王《ていおう》のキスを受け止めるために、そっと目を閉じた。

征服者の恋

1

ブラインドの隙間《すきま》から差し込んだ夕日がキーボードの手許《てもと》を赤く染める。

もうそんな時間かと、尚史《なおふみ》がパソコンのディスプレイから視線を上げるのとほぼ同時に、デスクの上に置いてあった携帯《けいたい》がブブブッと震《ふる》え始めた。

キーボードから離《はな》した手を伸《の》ばし、細かく震動《しんどう》している携帯を摑《つか》む。液晶《えきしょう》画面にはメール着信の表示。フリップを開き、ボタンを操作した。

時間的にそうじゃないかという予想は当たり、メールはつきあい始めて半年になる恋人《こいびと》・塚《つか》原《はら》からだった。

【七時には上がれそうだ。そっちは？】

簡潔な文面はいつものこと。時と場合によっては饒舌《じょうぜつ》な恋人だが、基本的に無駄口《むだぐち》を叩《たた》かない。ふたりきりの時などには、時折、赤面ものの台詞《せりふ》を臆面《おくめん》もなく吐《は》いて、こちらを閉口させるが……。

尚史は携帯で現在の時刻を確かめつつ、返信の文面を打った。

【こちらも七時には終われます。どちらで待ち合わせしましょうか】

返信後、五分でメールが届く。

【七時半にいつもの場所で】

いつもの場所というのは、新宿駅の東口だ。電車で新宿まで出た尚史を、車の塚原がピックアップしてくれる。

初めは、わざわざ西麻布《あざぶ》から中野まで迎《むか》えに来てくれていたのだが、尚史が交渉《こうしょう》して、新宿までにしてもらった。新宿なら中野からJRで一本だし、お互《たが》いの中間地点で落ち合えば時間のロスも少ない。

ほぼ週に一度のペースで日本を留守にし、一年を通じて世界を飛び回っている恋人とは、逢《おう》瀬《せ》の機会もそう多くはない。限られた時間を少しでも無駄にしたくなかった。

（七時半）

携帯を折《お》り畳《たた》んだ尚史は、ふたたびディスプレイに視線を戻《もど》した。画面の見積もりの数字を眺《なが》めながら、（あと二時間ちょっと）と胸の中でつぶやく。

恋人と顔を合わせるのは実に二週間ぶりだった。上海で関《かか》わっている仕事が大詰《おおづ》めを迎えているらしく、先週と今週、塚原は立て続けに海外出張に出ていた。

尚史も尚史で、抱《かか》えている物件が佳境《かきょう》を迎えており、建築現場に詰《つ》めていることが多かったので、夜はおろか、一緒《いっしょ》にランチを取る隙《ひま》もなかったのだ。

もちろん、お互いの状況《じょうきょう》を知らせるために電話で話はしていたが、塚原は用件もないのにだらだらと雑談をするタイプではないので、ものの数分のやりとりで終わってしまう。相手の都合がわからないので無闇《むやみ》にこちらからかけるわけにもいかず、携帯を常備して連絡《れんらく》を待っている身の尚史としては、少々物足りなかった。

それにやっぱり、声は聞けても、顔を見て話すのとは全然違《ちが》う。

だが、そんな物足りない気分も、あと二時間で解消だ。

ひさしぶりにふたりで過ごせる週末に浮《う》き立つ心を抑《おさ》え込み、目の前の数字に集中するために、尚史は眼鏡《めがね》を中指で押し上げた。


ビルの壁面《へきめん》やショーウィンドウを飾《かざ》るサンタクロースや柊《ひいらぎ》の葉、雪の結晶《けっしょう》などのモチーフ。クリスマス商戦を煽《あお》る大音響《おんきょう》の音楽や派手派手しいイルミネーション。普段《ふだん》より少し速めの足取りで、せわしげに行き交《か》う人々。クリスマスディスプレイ一色に染まった十二月の街は、どことなくあわただしい。

約束の時間の十分前に到着《とうちゃく》してしまった尚史は、さっきから何度目かの時間確認のあとで、くしゅんっと小さなくしゃみをした。文字盤《ばん》が示す時刻は七時三十五分。おそらく道が混《こ》んでいるのだろうが、そろそろ着くはずだ。塚原はパンクチュアルなので、大幅《おおはば》な遅刻《ちこく》はまずあり得ない。

今年は夏が長く、秋が短かった。暖冬というふれこみだったが、十二月に入ってぐんぐんと気温が下がり、今日は特に冷え込みが厳しい。風が強いからかもしれない。

チェスターフィールドコートの衿《えり》を立てて冷たい風を避《さ》けていたところに、黒のジャガーが音もなく近寄ってきて横付けされた。運転席に待ち人の姿を見つけた尚史は、ジャガーに歩み寄って助手席のドアを開ける。車内は総革《そうがわ》仕様で、インテリアは濃《こ》いグレイだ。

「失礼します」

助手席に乗り込むと、運転席の塚原が「待たせて悪かった。予想よりも道が混んでいてな」と言った。

「大丈夫《だいじょうぶ》です」

「寒かっただろう」

シートベルトを装着しながら首を横に振《ふ》る。と、横合いから腕《うで》がすっと伸びてきて、塚原の手が尚史の頰《ほお》に触《ふ》れた。大きくてあたたかい手の感触《かんしょく》に、トクンッと心臓が高鳴る。

「頰が冷たい。ずいぶん待ったのか？」

「……十五分ほどです。でも、早く着いてしまった自分が悪いので」

塚原の眉根《まゆね》がつと寄った。

「だから会社まで迎えに行ってやると言っただろう」

「いいえ、結構です。時間のロスですから」

天下の塚原新也《しんや》を運転手代わりに使うなんて罰《ばち》が当たりそうだ。

「本当は、ここまで来ていただくのだって申し訳ないくらいで……」

「相変わらず頑固《がんこ》だな」

苦笑《くしょう》混じりの低音が落ちる。手を引いた塚原が、ハンドルを握《にぎ》り、シフトレバーをドライブに戻した。

車が滑《なめ》らかに動き出す。暖房《だんぼう》の効いた車内に落ち着いた尚史の唇《くちびる》から、ほっと息が漏《も》れる。

尚史は顔をわずかに傾《かたむ》け、二週間ぶりの恋人をちらりと横目で見やった。ひさしぶりのせいか、なんとなく気恥《きは》ずかしくて、まともに顔が見られない。

彫《ほ》りの深い横顔。秀《ひい》でた額に高い鼻梁《びりょう》。男らしい眉《まゆ》と褐色《かっしょく》の瞳《ひとみ》。肉感的な唇。

視線で辿《たど》る恋人は、この二週間で何度も脳裏《のうり》に還《かえ》したルックスと寸分違わなかった。

違うとしたら首許くらい……。今日の塚原は、ダークグレイのスーツに白いシャツを着て、臙脂《えんじ》色《いろ》のネクタイを締《し》めていた。

「打ち合わせがあったんですか？」

「ああ……これか？」

片手でシルクのネクタイを弄《いじ》る。

「午後に一本オリエンがあってな。上層部との顔合わせも兼《か》ねていたので一応締めた」

普段もジャケットは着ているが、ノーネクタイのことが多いので、ネクタイ姿は貴重だった。

（スーツ、似合うよな）

胸の中でひっそりと感嘆《かんたん》する。

肩幅《かたはば》が広くて胸板《むないた》がしっかり厚みがあるので、本当に何を着ても似合う……と思う。ちょっと気を抜《ぬ》くとウエイトが落ちて、スーツの中で体が泳ぐ自分とは大違《おおちが》いだ。

初めてプレゼント――と言うより強引《ごういん》に買い与《あた》えられた感じだったが――されたベージュのスーツ以来、この半年ほどの間にスーツを三着プレゼントされたが、どれも「ばりっと着こなしている」とは言い難《がた》い。

せめてもう少し全体的に筋肉が付けば……そう思って、自己流のウエイトトレーニングを実《じっ》践《せん》しているが、あまり効果はないようだ。

「どこも混んでいるな」

前方を見据《みす》えながら、塚原がつぶやいた。

「車も多けりゃ人も多い。今日は外食はやめて家で何か作ろう」

「はい」

その提案に異論はない。

家――というのは、塚原がひとりで暮らす一軒家《いっけんや》で元麻布にある。

個人的には、外で食事をするよりは、塚原の家で食べるほうが落ち着いた。外だとどうしても人目が気にかかってしまうからだ。塚原は男同士でもまったく気にせずに堂々としているし、自分でも自意識過剰《かじょう》だと思うのだが、ある程度の格式の店で向き合って食事をするというシチュエーションがどうにも落ち着かないのだ。自分が思っているより、世間は他人の動向を気に留《と》めていないとわかっているのだが。

これればかりは長年の習性だ。

自分の特殊《とくしゅ》な性癖《せいへき》を自覚した時から、人目についたり、疑いの目を向けられるような行動を極力避けて生きてきた。

オーソドックスな服装を選び、地味な色合いの小物を身につけ、伊達《だて》眼鏡をかけ……それらすべてが自己防衛本能の為《な》せる業《わざ》だったのかもしれない。

だが塚原と出会ってから、そういった武装をひとつずつ、取り除かれつつある気がする。

流れる窓の外の景色を横目に、そんなことをつらつらと考えているうちに麻布に到着した。

「寄っていくぞ」

そう言ってハンドルを切った塚原が、ジャガーを外国人向けスーパーマーケットの駐車場《ちゅうしゃ》に入れる。今夜の食材を仕入れるためだ。

つきあい始めて知ったのだが、塚原は料理が上手《うま》かった。プロ裸足《はだし》と言っても過言ではなく、大概《たいがい》のものはなんでも自分で作ってしまう。

ステンレスのカートを押しながら、食材を手に取っては矯《た》めつ眇《すが》めつ吟味《ぎんみ》する、その横顔も真剣《しんけん》そのものだ。離婚《りこん》後、必要《ひつよう》に迫《せま》られて覚えたと言っていたが、本来適性もあったのだろうし、おそらく根っから「ものを作ること」が好きなのだろう。

尚史自身は料理はからきしなので、一言も口を出さずに、塚原のあとをひたすら付いて歩くだけだ。時折、「どっちが好きだ?」とか「どっちが食べたい?」と訊《き》かれた際だけ、指をさして答えるのみ。

どうやら今晩も、すでに塚原の頭の中に献立《こんだて》があるらしく、迷いのない足取りで食材売り場を回り、必要な食材をカートに放り込んでいく。最後にワインを選び、会計を済ませてマーケットを出た。

ジャガーのリアシートに荷物を積み込み、ふたたび車を出す。

この半年で通い慣れた街並みを目の端で捉えつつ、尚史はふと脳裏に浮かんだ問いを口にした。

「そういえば……今日はオーギュは?」

オーギュというのは、塚原の愛犬だ。ぶち模様の大型犬で、日によっては、西麻布の『塚原建築事務所』に「出勤」することもある。

塚原が出張で家を空ける時などに餌《えさ》をやりに行っているせいか、尚史にもずいぶんと懐《なつ》いてくれていた。

「今日は家で留守番だ」

「そうですか」

半日近く独りぼっちで、きっと寂《さび》しがっていることだろう。早く顔が見たいと思っていたら、今度は塚原のほうが話しかけてきた。

「仕事はどうだ？」

「今のところ順調です」

「今手がけているのは、たしか個人住宅だったな」

「品川《しながわ》の個人宅ですが、外装の作業が昨日終わって、週明けから内装に入る予定です。年内の竣工《しゅんこう》を目指しています」

「そうか。大詰《おおづ》めだな。今日は大丈夫だったのか？」

「はい、今日は現場の作業は休みでしたので」

塚原がちらっとこちらに視線を寄越《よこ》す。

「そういや先週会った大手デベロッパーの担当者が柏樹《かしわぎ》建設を誉《ほ》めていたぞ。仕事が丁寧《ていねい》で、担当者の姿勢も真摯《しんし》だし、安心して任せられるってな」

「本当ですか？」

社員を誉められたのがうれしくて、思わず声が弾《はず》んだ。塚原が、「嘘《うそ》をついてどうする」と唇を歪《ゆが》める。

「前にも話したが、年が明けたら、うちもまた仕事を頼《たの》みたいと思っている」

「ありがとうございます」

塚原の仕事はまったく気が抜けないので緊張《きんちょう》するが、その分勉強になる。一度、経験した尚史にもその実感があった。

半年前までは、建築の仕事はどれも同じに思えたが、塚原と出会って自分は変わったと思う。こだわりが完成形に如実《にょじつ》に反映される、もの作りの醍醐《だいご》味《み》を知ってから、仕事に対する心構えも徐々《じょじょ》に変わってきた。それまでの自分は、現場監督《かんとく》とは名ばかりの「お客さん」でしかなかったが、今は少しずつだが、現場で作業員たちと一体感を持つことができている。

それもこれも――。

(この人のおかげだ)

「青木《あおき》たちも喜ぶと思います」

尚史の心からの台詞《せりふ》に、塚原が満足そうにうなずいた。


イングリッシュガーデンと芝生《しばふ》を擁《よう》する、木とレンガを基調とした二階建ての建物。それが塚原の自宅だ。

強面《こわもて》で鳴らす建築家とはずいぶんとイメージが違《ちが》うので、最初は少し戸《と》惑《まど》ったけれど、今では尚史もこの欧州《ヨーロッパ》の田舎《いなか》風の家に愛着を抱《いだ》いていた。随所《ずいしょ》に使われた木の風合いが心を和《なご》ませるし、樹木が多いのにも癒《いや》される。世界を股《また》にかけ、過密スケジュールをこなす塚原が、くつろぐための家として、こういった自然志向の家を設計したのもうなずける。

ガレージに車を入れた塚原が、紙袋《かみぶくろ》を抱《かか》え、真鍮《しんちゅう》のノッカーがついた木のドアの前に立った。ジャケットのポケットから鍵《かぎ》を取り出し、鍵穴に差し込む。ドアを引き開けると、オーギュがすでに玄関口《げんかん》で待ち構えていた。

「ワウッ」

お帰りなさいの挨拶《あいさつ》もそこそこ、尻尾《しっぽ》を振《ふ》り振り後ろ足で立ち上がったオーギュが、尚史にのしかかってくる。生あたたかくてざらざらしたものが顔に触《ふ》れた。

「うわっ」

歓迎《かんげい》されるのは嬉しいが、顔中を舐《な》め回されるのは困る。先週、塚原が出張の際に餌をやりに来たのがオーギュに会った最後。一週間ぶりなので、余計に興奮が激しいようだ。

「ただいま、オーギュ。わかった、わかったから落ち着けって」

ハァハァと荒《あら》い息づかいからできるだけ顔を遠ざける尚史の横で、先に室内に足を上げた塚原が「いい加減にしろ」とオーギュの背中をパチンと叩《たた》いた。

「何度も言わせるな。尚史はおまえのものじゃない」

「クゥーン」

鼻を鳴らしたオーギュが、今度は塚原の脚《あし》に鼻面《はなづら》を押しつけて甘えてから、主人についてトコトコと歩き出す。

「お邪魔《じゃま》します」

靴《くつ》を脱《ぬ》いだ尚史も大きな背中を追った。

塚原が電気を点《つ》けると、木の風合いを活《い》かしたリビングがオレンジの光に浮《う》かび上がる。山小屋風の高い天井《てんじょう》。漆喰《しっくい》の白壁《しらかべ》。ナチュラルな古木が剝《む》き出しになった梁《はり》。レンガ造りの暖炉《だんろ》。板敷《いたじ》きの床《ゆか》に巨大《きょだい》なラグが敷《し》かれ、その上には真っ白なソファセットが置かれている。

カーテンが開かれたままのガラス戸からは、ライトアップされたイングリッシュガーデンが見渡《みわた》せた。先々週訪《おとず》れた際に、ふたりで常緑樹のトピアリーにクリスマスの飾《かざ》り付けをしたのだが、青白く点滅《てんめつ》する電飾《でんしょく》は幻想《げんそう》的で、なかなか雰囲気《ふんいき》が良かった。

しばらく贅沢《ぜいたく》な庭を眺《なが》めてから、尚史はカーテンを閉めた。

塚原がネクタイのノットを緩《ゆる》めながら暖房《だんぼう》とオーディオのスイッチを入れる。流れ出した低音のジャズの調べの中、尚史は恋人《こいびと》の上着とネクタイを受け取って、寝室《しんしつ》へと向かった。上着に軽くブラシをかけてから、ウオークインクローゼットに仕舞《しま》う。その後、自分もコートとスーツを脱ぎ、セーターとウールのスラックスに着替《きが》えた。

リビングに戻《もど》ると、シャツの袖《そで》を肘《ひじ》まで捲《まく》った塚原は、すでにオープンキッチンに立っていた。尚史はオーギュに餌をやり、飲み水を取り替《か》える。

このあたりの役割分担は、この半年でなんとなく出来上がっており、特に会話もなく自然と行われるようになっている。

塚原が慣れた手つきで下ごしらえを始めた。

どうやら今晩のメインディッシュはラムの香草《こうそう》焼きらしい。尚史は塚原の指示に従い、できる範囲《はんい》内で、邪魔にならない程度の手伝いをした。


昆布《こんぶ》じめした鯛《たい》を前菜に、バーニャ・カウダ、メインのラムの香草焼きを、シチリア産の赤ワインと一緒《いっしょ》に美味《おい》しく味わったあと、リビングの暖炉の前のソファに移動する。

チーズをつまみに食後酒のグラッパを楽しみつつ、塚原の話に耳を傾《かたむ》けた。ラグに寝《ね》そべったオーギュも聞き耳を立てている。

主な話題は上海の建築事情に関するものだったが、日々変化を遂《と》げるエネルギーに満ちあふれた都市の話は実に興味深かった。また、大勢の人の前で話すことに慣れている塚原は話が上手《うま》い。

耳に心地《ここち》よい低音にうっとり聞き入りながら、いつの間にか自分がとろんと酔《よ》ったような目つきをしていることに、尚史は気がつかなかった。

「…………」

気がつくと塚原の声は途切《とぎ》れており、視線を上げた刹那《せつな》、褐色《かっしょく》の双眸《そうぼう》と目が合う。塚原の手が伸《の》びてきて、眼鏡《めがね》のフレームに触れ、すっと引き抜《ぬ》かれた。引き抜いた眼鏡をローテーブルにカツッと置く。

「俺の前では外せと言っただろう？」

「あ……すみません」

小声で謝ったが、塚原の目は笑っている。怒《おこ》っているわけではないらしい。眼鏡というガードを失った素顔《すがお》を熱っぽい眼差《まなざ》しで見つめられ、尚史はこめかみがじわりと熱を持つのを意識した。

初めて素顔を晒《さら》した時から半年以上が経《た》つのに、いまだに慣れることができない。熱を帯びた眼差しと落ち着かない気分を持て余していると、塚原の手が唇《くちびる》に触れた。指の腹で、その形を愛《め》でるように上唇《うわくちびる》と下唇を撫《な》でられ、体温がじわじわと上がるのを意識した瞬間《しゅんかん》、頤《おとがい》を掬《すく》い上げられ、くちづけられる。

「んっ……」

二週間ぶりの——キス。

唇で唇をねっとりと愛撫《あいぶ》され、蕩《とろ》けて緩んできた頃合《ころあ》いを見計らったみたいに、隙間《すきま》を舌で割られた。ぬるっと濡《ぬ》れた熱い粘膜《ねんまく》が口腔《こうこう》内に入り込んでくる。

求められ、夢中で舌を絡《から》めた。お互《たが》いの舌を絡め合うことでキスが深くなる。

「んっ……ふ、んん……」

肉厚な舌で掻《か》き混ぜられ、溢《あふ》れた唾液《だえき》が口の端《はし》から滴《したた》った。鼻から甘い息が漏《も》れる。お互いの唾液が混ざり合う、くちゅくちゅと濡れた音。

上顎《うわあご》の裏や歯列の裏、喉《のど》の奥、弱いところを攻《せ》められて、ピクピクと体が震《ふる》えた。瞳《ひとみ》が潤《うる》む。口腔内を犯《おか》される、という表現がぴったりくるような、淫靡《いんび》で濃厚《のうこう》なキス。

漸《ようや》く、名残惜《なごりお》しげに塚原が出ていき、尚史はぐったりとその硬《かた》い胸に顔を埋《うず》めた。二週間ぶりでいきなりこんなキスは刺激《しげき》が強すぎる。

(顔が……熱い)

頭の芯《しん》が発熱して、ぼーっと白く霞《かす》んでいる。

火照《ほて》った顔を塚原の肩口《かたぐち》に擦《こす》りつけていると、耳許《みみもと》に低く囁《ささや》かれた。

「ベッドへ行くか?」

その一言で、体の奥がずくりと重く疼《うず》く。

完全に火が付いてしまった。

もはや引き返せない気分で、塚原の二の腕《うで》をぎゅっと摑《つか》んで、こくこくとうなずく。だが、立ち上がろうとした尚史の脚は、力が入らずに頽《くずお》れてしまった。へたっと座面に尻餅《しりもち》をつく。

「立てないのか?」

「すみま……」

思っていた以上に、二週間のブランクは大きかったらしい。

ソファに座り込んだ尚史を見下ろしていた塚原が、身を屈《かが》めたかと思うと、脚の下に腕を差し込んできた。もう片方の手で背中を支えるようにして、ひょいっと尚史を抱き上げる。

「……っ」

あわてて尚史は塚原の首にしがみついた。

「塚原さんっ」

「仕方がないだろう？　自分の足で立てないんだからな」

「で、でもっ」

「そう騒《さわ》ぐな。初めてでもないんだ」

諫《いさ》められ、渋々《しぶしぶ》と身を委《ゆだ》ねる。

たしかに、こんなふうに抱き上げられたのは二度目だ。

一度目は、初めてこの家で抱き合った時。

あの時のお姫《ひめ》様抱っこも相当に恥《は》ずかしかったけれど……。

霞みがかった頭の片隅《かたすみ》で半年前のことを思い出しているうちに寝室へ辿《たど》り着いた。ドアを片手で押し開けた塚原が、キングサイズのベッドにまっすぐ歩み寄る。

ベッドの上に尚史を下ろした塚原は、そのままベッドの傍《かたわ》らに立ち、シャツのボタンを外し始めた。オレンジ色の間接光に、均整の取れた見事な裸身《らしん》が浮かび上がる様をぼんやり眺めていると、シャツを脱ぎ去った塚原がベッドに乗り上げてくる。

「手を上げろ」

万歳《ばんざい》の形に両手を上げさせられ、セーターを頭から脱ぎ取られた。

あらわになった胸に、塚原が顔を近づけてくる。胸の先端《せんたん》をざらりとした舌で舐《な》められて、ひくんっと背中が震えた。

「……く、んっ」

舌先で押し潰《つぶ》された尖《とが》りがたちまち芯を持ち、勃《た》ち上がっていく。

「俺の舌を撥《は》ね返してくる。反応がいいな」

どこか楽しそうな声で塚原が言った。

「こっちはどうだ？」

言うなり、スラックスの上から股間《こかん》を触《さわ》られる。

「あっ」

布地越《ご》しに擦られ、形に沿うように撫でられて、どんどんそこに『熱』が集まってくる。さほど間を置かずに下着の中に収まっているのが窮屈《きゅうくつ》なくらいに高まってしまった欲望を、気がつくと尚史は無意識に塚原の手に擦りつけていた。

もっと愛撫を深くして欲しくて、腰《こし》を揺《ゆ》らす。

「塚原……さん」

つと、塚原の眉根《まゆね》が寄った。少し乱暴な手つきでベルトを外され、前をくつろげられ、下着ごとスラックスを引きずり下ろされる。尚史の足首から引き抜いた衣類を、塚原がベッドの下へ投げた。

そのままベッドに手荒《てあら》く押し倒《たお》される。のし掛《か》かってきた塚原の手で両脚《りょうあし》を大きく割り広げられて、羞恥《しゅうち》に内股《うちもも》が震えた。

乳首《ちくび》を赤く腫《は》らし、欲望を昂らせた恥ずかしい自分の姿を、高みから傲慢《ごうまん》な眼差しで見下ろされ、全身が火で炙《あぶ》られたみたいに熱くなる。

恥ずかしいと思えば思うほどに、先端の切れ込みからじわっと蜜《みつ》が溢れて——。

男の象徴《しょうちょう》を欲望に滾《たぎ》らせた浅ましい自分。こんな時、自分が男であることが無性《むしょう》に疎《うと》ましくなる。居たたまれない気分で尚史は懇願《こんがん》した。

「電気……消してください」

「駄目《だめ》だ」

にべも無く却下《きゃっか》され、唇を嚙《か》み締《し》める。

塚原は元来ノーマルな性癖《せいへき》の持ち主だ。ひさしぶりに男の機能を持つ自分の裸《はだか》を見て、我に返るのではないかと不安に身を震わせた時。

「ひっ」

いきなり口腔内に欲望を含《ふく》まれた。

「塚原…さ……っ」

まるで、尚史の心の不安を見透《みす》かしたように、塚原が男の象徴を舌で大胆《だいたん》に愛撫する。

「あ、……あぁっ」

感じる場所を吸われ、舌先で突《つつ》かれ、肌《はだ》が粟立《あわだ》った。内股がひくひくと痙攣《けいれん》し、その震えが体全体に伝染《でんせん》していく。

軸《じく》を口で愛撫されながら、重く腫れた双球《そうきゅう》を手で揉《も》まれて、先端からじゅくっと蜜が溢れた。

「今日は量が多いな」

横銜《ぐわ》えにした塚原に上目遣《うわめづか》いに囁かれ、カッと顔が熱くなった。

恥ずかしかった。

好きな相手とのセックスは、どうしてこんなに何もかもが恥ずかしいのだろう。

心臓がバクバクして、体温も上がりっぱなしで……胸が苦しくて。

それなのに、自分が羞恥にみっともなく惑乱《わくらん》するとわかっていながら、抱《だ》き合わずにはいられない。

「……すみません」

「そのほうが助かる。滑《すべ》りがいいからな」

そんな恥ずかしい台詞《せりふ》を言うなり、塚原が勃ち上がった欲望の奥にある窄《すぼ》まりに指を入れてきた。

「………っ」

狭間《はざま》まで滴った体液のぬめりを借りて、節ばった指がぬぷっと入ってくる。ぬぷぬぷと抜《ぬ》き差しされ、尚史は異物感に眉《まゆ》をひそめた。何度経験しても、この瞬間《しゅんかん》は本能的な拒絶《きょぜつ》反応に身が竦《すく》む。

だがやがて、塚原の指がどこよりも疼く場所を探《さぐ》り当て、そこを集中的に責め立て始めると、嬌声《きょうせい》が止まらなくなった。

「あっ、……あっ、……あんっ」

塚原の指をきつく銜え込んで、腰をゆらゆらと揺らす。

いい。……気持ちいい。すごく……。

「そこ……あぁ……」

官能に身を任せ、陶然《とうぜん》と身を揺らしていた尚史は、不意に指を引き抜かれ、ひくんっと全身をおののかせた。突然《とつぜん》の喪失感《そうしつかん》に後孔《こうこう》が淫《みだ》らな収縮を繰《く》り返す。

「塚原さ……」

顔を上げて、欲情を帯びた熱っぽい眼差《まなざ》しと視線がかち合った。

「欲しい」

かすれた声で請《こ》われ、じわっと体温が上がる。

「いいか?」

挿《い》れてもいいかと問われた尚史はこくりとうなずいた。塚原に求められて拒《こば》めるわけがない。欲しいと言ってもらえることは、自分にとって最高の賛美だ。

「ひさしぶりだから……この体勢のほうが楽だろう」

腰を掴《つか》まれ、くるりと身を返される。顔を枕《まくら》に埋《うず》め、尻《しり》を高く掲《かか》げる体勢に、尚史は緊張《きんちょう》して、シーツをぎゅっと握《にぎ》り締めた。

うなじに塚原の吐《と》息《いき》がかかった直後、充溢《じゅういつ》を押しつけられる。

「――っ」

灼熱《しゃくねつ》の楔《くさび》を身に打ち込まれる衝撃《しょうげき》に息を呑《の》んだ。

「きついか？」

「だ…い…じょう、ぶ」

必死に悲鳴を殺し、塚原がすべてを収めるまで、シーツを握り締め続ける。

奥まで達した塚原は、そこでじっと動かなくなった。どうやら尚史が体内の塚原に慣れるまで、待つつもりのようだ。

塚原の手が前に回ってきて、萎《な》えてしまった性器をやさしく弄《いじ》る。

前を弄られているうちに、脈動を銜え込んだ場所が熱を持って疼《うず》き始めた。その疼きが、どんどん大きくなり、やがて耐《た》え難《がた》いほどになっていく。

（熱……い）

「も……大丈夫《だいじょうぶ》……だから」

動いて、と請う前に、背後の塚原が動いた。ゆるやかな抽挿《ちゅうそう》に自然と吐息が漏《も》れる。

「あ……は……あ」

恋人《こいびと》の『熱』で押し開かれ、いっぱいいっぱいに支配される——塚原とこうなる前には知らなかった快感だ。

まったく痛くないと言えば嘘《うそ》になるけれど、その痛みすら、官能を煽《あお》るスパイスになる。

塚原が自分を貪《むさぼ》る音がパンパンと聞こえた。いつしか激しくなっていた抜き差しに翻弄《ほんろう》され、脳髄《のうずい》が痺《しび》れる。抽挿のたびに欲望から蜜が溢《あふ》れ、内股を濡《ぬ》らす。最奥まで侵《おか》され、穿《うが》たれた場所から快感が染《し》み出してきて、尚史は白い裸体《らたい》をくねらせた。

「あっ……あぅ……」

胸を摘《つ》まれた刹那《せつな》、びくんっと大きく腰が震《ふる》え、シーツが白濁《はくだく》で汚《よご》れた。

「——っっ……ッ」

達して弛緩《しかん》した体を後ろから抱き起こされ、膝《ひざ》の上に乗せられる。大きくて硬《かた》い体に包まれて、熱い息が零《こぼ》れた。

だが休む間もなく、体内の塚原がずくりと動き出す。

「あっ……ん」

両膝《りょうひざ》の裏を摑まれ、下から突き上げられて、仰向《あおむ》いた尚史の喉《のど》から嬌声が零れた。

「んっ、あ、んっ」

力強い律動を絶え間なく送り込まれ、達したばかりの欲望がふたたび力を取り戻《もど》す。結合部から聞こえる、ぬちゅっ、くちゅっというあられもない水音にも煽られ、たちまち張り詰《つ》めた性器が、愛撫《あいぶ》を求めて頼《たよ》りなく揺れる。手を伸《の》ばし、自分で慰《なぐさ》めようとした瞬間、ぴしゃりと叱責《しっせき》が飛んだ。

「触《さわ》るな」

自分で触ることを禁じられた尚史は、たまらず懇願の言葉を発した。

「お願……触ってくださ……」

しかし、恋人はつれなかった。

「駄目だ」

「そんな……」

唇《くちびる》を嚙み締めていると、耳許《みみもと》に低音が落ちる。

「今度は俺だけで達《い》け。二週間分、じっくり味わわせろ」

その言葉どおりに、気が遠くなるような甘い責め苦が始まった。隙間《すきま》無く密着した熱い肌に包み込まれ、したたかな充溢でストロークを刻み込まれる。

角度を変え、時に強く、時にソフトに、ねっとりと長く情熱的な追い上げが続く。じりじりと全身を蝕《むしば》むような官能に脳天が痺れ、頭が白くなった。

が口をつく。

「やっ……あぁっ……っ」

耳殻《じかく》に歯を立てられながら、徐々《じょじょ》にピッチを上げられ、もうこれ以上は保《も》たないと、泣き言

「塚原さ……も、駄目《だめ》……っ」

体内の塚原がひときわ大きく膨《ふく》らんだ。ラストスパートをかけられ、ガクガクと揺《ゆ》さぶられて、悲鳴のような嬌声が迸《ほとばし》る。

「あ……あっ……ッ……また、い……く——っ」

塚原が弾《はじ》けた。最奥《さいおう》に熱い放埒《ほうらつ》を浴びせかけられる。

尚史は薄《うす》れる意識の中、二度目の絶頂へと身を投じた。

2

あわただしい年末――塚原は相変わらず上海と東京を行き来していたが、尚史の抱《かか》えていた個人住宅はなんとか年内に竣工《しゅんこう》した。

お互《たが》いに仕事で忙《いそが》しい中で、どうにか時間をやりくりし、クリスマスと大晦日《おおみそか》だけは一緒《いっしょ》に過ごすこともできた。

年が明けて新年。

「新年一発目は、『塚原建築事務所』の仕事ですか」

仕事始めの朝、柏樹建設の誇《ほこ》るベテラン棟梁《とうりょう》・青木が、スケジュールボードの前で腕《うで》組みをしながらつぶやく。そのいかつい顔には、うっすら喜色が浮《う》いていた。

重量級の体格そのままに、どっしりと構えて滅多《めった》に動じない青木だが、こと塚原絡《がら》みとなると、とたんに少年のようにそわそわとし始める。若い頃《ころ》に、共に現場で苦労した建築家を、青木は今でもとても好きなのだ。塚原が設計する建築物と、その頑固《がんこ》なまでのこだわりを愛して止《や》まないらしい。

「たしかレストランの施工《せこう》でしたよね」

心なしか弾《はず》んだ声の問いかけに、尚史はデスク上の書類ボックスの一番上から、今朝送られてきたばかりのファックスを取り上げた。

「そうだ。スペイン料理のレストラン——と書いてある。仮名称《めいしょう》『DURAN TOKYO』。バルセロナに本店があって、その支店を銀座《ぎんざ》に出すという話のようだ。今年の秋オープン予定」

塚原が今携《たずさ》わっている上海のプロジェクトのような大がかりな仕事は、弱小建設会社の出る幕はないが、こういった小さな物件に限って、塚原も柏樹建設の仕事を信頼《しんらい》して任せてくれる。

「塚原さんがこの手の単独の物件を請《う》け負うってことは、施主《せしゅ》と個人的に知り合いとかなんですかね」

青木の疑問に答えるために、尚史は手許《てもと》の資料に視線を落とした。

「施主はロッセリーニ・グループ」

「ロッセリーニ・グループ？」

青木が「聞いたことないなぁ」と首を捻《ひね》る。尚史自身は以前に塚原に西麻布のリストランテに連れていってもらった際に、初めてその名を聞かされた。

「本拠をシチリアに構えるイタリアの企業《きぎょう》で、本社はローマにある。さっきざっとインターネットで調べてみたんだが、トップはレオナルド・ロッセリーニ。もともとはワイン、オレンジ、オリーブオイルの生産・輸出を主にしていたが、先代のカルロ・エルネスト・ロッセリーニの時代に飛躍《ひやく》的に業績を拡大し、現在は欧米《おうべい》全域でレストラン経営、アパレル、ホテル経営など、幅広《はばひろ》く事業を展開している一大コンツェルン——だそうだ」

「へぇ」

青木が小さな目をぱちくりさせる。

「欧米を制し、次なるマーケットはアジア——ということで、今年の四月には青山に東京ブランチ『Rossellini Giappone』を立ち上げ予定。その日本支社が手がける初仕事のひとつが、この『DURAN TOKYO』ということだな。バルセロナの『DURAN』本店は、ロッセリーニが所有するホテル『Hospes Alonso』の中に入っており、数ヵ月先まで予約が埋《う》まっている有名レストランらしい。チーフシェフを務めるのはカルロス・デュラン。バルセロナ生まれの二十六歳」

「なんだか横文字ばっかりでさっぱり覚えられませんね」

ぼやいた青木が五分刈《が》りの頭をぼりぼりと掻《か》いた。

「ロッセリーニ・グループは欧米各地で老朽《ろうきゅう》化したホテルを買い取っては現代風に改装するリノベーションを行っているが、そのうちのいくつかを塚原氏が手がけた関係で、今回の依頼《いらい》も引き受けたようだ」

「なるほど、そういうことですか」

このホテルについても、塚原から聞いて知っていた。

ライフスタイル提案型の小規模ホテルだが、モダンな外観やソフィスティケートされたインテリアが二十代から四十代のゲストに受けて、業績はかなり順調らしい。

塚原自身、ヨーロッパに滞在《たいざい》する際はよく利用しているようだ。

「クライアントは外国人だし、銀座の一等地だし、どうやらおしゃれな物件みたいなんで気合い入れないといけませんね」

やる気を見せる青木に、「私たちふたりで担当することになる。目を通しておいてくれ」と資料のコピーを手渡《てわた》す。

来週には『DURAN』のシェフのカルロス・デュランが、バルセロナから来日することになっていた。有名レストランのチーフシェフともなれば、相当な激務であろうことは推《お》して知るべしだ。そのシェフ自らが時間を作り、来日してくるあたりに、先方の東京進出に対するモチベーションの高さを感じる。

何より、柏樹建設を買って仕事を依頼してくれた塚原の期待を裏切るわけにはいかない。

尚史もまた青木同様に、胸中静かに気合いを入れた。

元来、尚史はあまり食べ物に詳《くわ》しいほうではない。それでも、塚原とつきあい始めてからは美食家の恋人《こいびと》の影響《えいきょう》で、以前より食べ物に興味を持つようになっていた。塚原に連れられて、名だたる高級レストランにもずいぶん足を運んだし、めずらしい食材を味わいもした。

しかし、そういったひととおりの経験を積んだ今でも、スペイン料理というのは、あまり馴《な》染《じ》みがなかった。

インターネットで調べると、スペインは現在、前衛的かつ革新的な料理人を多数輩出《はいしゅつ》している国として、世界で注目されているらしい。

前衛的と言われてもすぐにはぴんと来ないが、どうやら液体窒素《ちっそ》を使って食材を凍《こお》らせたり、フリーズドライにしたりと、化学的な技法を取り入れたコンテンポラリーな料理であるようだ。

顔合わせの前日の夜、自宅に戻《もど》った尚史は、塚原の携帯《けいたい》に連絡《れんらく》を入れた。十時を過ぎていたが、塚原はまだ事務所にいた。

「今、少しお話ししても大丈夫《だいじょうぶ》でしょうか」

そう確認《かくにん》してから、カルロス・デュランについて尋《たず》ねる。やはりインターネットや書物で得られる知識は限られている。できれば本人と面識のある塚原から、カルロスの人となりを聞いておきたかった。

今回の物件の場合、施主はロッセリーニ・グループだが、直接やりとりをする担当者はカルロス・デュランになる。カルロスと上手《うま》く意思の疎通《そつう》をはかれるかどうかが、今回の仕事で重要なポイントを占《し》める気がしたからだ。

『「世界でもっとも前衛的な皿はスペインにある」と言われて久しいが、特にカルロス・デュランは若手の中でも注目株のひとりだ。昨年のマドリッド・フュージョンでも、各国のスターシェフに交じって最年少でセミナーを行ったしな』

「……マドリッド・フュージョン」

塚原が口にした聞き慣れない言葉を小さく繰《く》り返す。

「すみません、不勉強で……そのマドリッド・フュージョンとはなんですか？」

『マドリッド県が開催《かいさい》している、年に一度の国際ガストロノミー・サミットだ。世界中の料理界や製菓《せいか》界から有名シェフが集まる。ここで新作を発表するということは、シェフにとって大変な名誉《めいよ》だし、当然ながら実力がなければ選ばれない』

カルロスは、そんなにすごいシェフなのか。

「塚原さんは、彼の料理を食べたことがありますか？」

『本店で何度かある』

「いかがでした？」

一考するような沈黙《ちんもく》のあとで、塚原が言った。

『コンセプチュアルだし、アイディアとセンスは卓越《たくえつ》していると思う。無論、まだまだ若さ故《ゆえ》にアヴァンギャルドな技法に走り過ぎるきらいはあるが』

それはしかし、弱冠《じゃっかん》二十六歳という年齢《ねんれい》を考えれば仕方がないことなのかもしれない。むしろ、小さくまとまっているよりはいい気がする。

『基本的に俺はこの数年、新規の依頼を断っている。そこを曲げて今回レストランの設計を引き受けたのは、彼の料理が好きなのと、これからの彼に期待しているからだ』

塚原がそこまで言うのだから、カルロス・デュランの実力は本物なのだろう。

そんなふうに思っていると、回線の向こうの塚原が切り出してきた。

『明日のカルロスとの打ち合わせに関してだが』

「なんでしょうか」

『カルロスは、今回のクライアントであるロッセリーニ・グループのCEOとCOO——レオナルド・ロッセリーニ、エドゥアール・ロッセリーニ兄弟の従弟《いとこ》に当たる』

「……従弟」

『カルロスの母親が、先代カルロ・エルネスト・ロッセリーニの妹だ。カルロスの父親はカリスマ的な人気を誇《ほこ》る闘牛士《マタドール》だった。今はもう故人だが』

「そうなんですか」

『施主の親族だからと言って特別扱《あつか》いする必要もないが、予備知識として耳に入れておいたほうがいいだろうと思ってな』

「ありがとうございます。助かります」

たしかに事前の情報は多いに越《こ》したことはない。

『ロッセリーニの一族は日本語が堪能《たんのう》だ。どうやらそれもアジア進出の足がかりに日本を選んだ理由のひとつらしいが——先代の三番目の奥方が日本人で、子供たちは幼少時から彼女に日本語を習っていたらしいな。カルロスも日常会話なら問題なく話せる』

「それは……よかったです」

ほっと安堵《あんど》の声が出る。

カルロスが英語を話せればまだしも、スペイン語オンリーとなるとこちらもお手上げなので、その件についても塚原に相談しようと思っていたところだった。日本語が話せるというのは予想外の朗報だ。

『それと……』

「はい」

めずらしく躊躇《ちゅうちょ》する気配を察して、なんだろうと訝《いぶか》しく思いつつも待つ。ややあって塚原が言葉を継《つ》いだ。

『カルロスはゲイだ』

「…………っ」

クライアントが自分と同じ性癖《せいへき》を持つと聞かされ、とっさにどうリアクションすればいいのかがわからずに、尚史は小さく息を呑んだ。数秒電話口で沈黙したあとで、なんとかかすれた声を喉《のど》奥から絞《しぼ》り出す。

「……そう……ですか」

『気をつけろ』

「は？」

気をつけろ？

「そ、それってどういう……」

意味ですか？　と尋ねるより先に、塚原が低音を落とした。

『おまけに幼少時に先代の奥方に相当懐《なつ》いていたらしく、日本人に目がない』

「そうなんですか」

『おまえも狙《ねら》われる可能性がある』

狙われる？

塚原が言わんとしていることがピンと来ずに首を捻《ひね》る。

「そんなことはないと思いますけれど」

『なぜ「ない」と言い切れるんだ？』

間髪《かんはつ》容れずに切り返され、返答に窮《きゅう》した。

「なぜって……ゲイで日本人が好きだからといって、相手が誰《だれ》でもいいわけではないでしょうから……」

だが、回線の向こうの塚原は尚史の話を聞いていなかった。

『本当はおまえをカルロスに会わせるのは嫌《いや》だったんだが……』

本気で嫌そうな声を出されてあわてる。

「そんな！　柏樹建設の代表として、私がご挨拶《あいさつ》しないわけにはいきません」

『そう言うと思ったからな。それに、今回の物件は担当すればいい経験になる』

自分に言い聞かせるような声でつぶやいたあと、塚原が気を取り直すように言った。

『とにかく、気をつけるに越したことはない。仕事相手として誠意を尽《つ》くすのはいいが、きちんと一線を引くことだ』

「…………」

『いいな？　あまり無防備に気を許すなよ？』

塚原の念押《ねん》しに、今ひとつ腑《ふ》に落ちないものを抱《かか》えながらも尚史はうなずくしかなかった。


翌日、尚史は青木と共に西麻布にある塚原建築事務所を訪ねた。

玄関《げんかん》でブザーを押し、ほどなく現れた顔なじみの男性スタッフに告げる。

「柏樹建設です。二時に塚原さんとお約束しているんですが」

「こんにちは。承《うけたまわ》っております。どうぞお上がりください」

接客スペースに通され、椅子《いす》を勧《すす》められた尚史と青木は、コートを脱《ぬ》ぎ、隣同士《となりどうし》に腰《こし》を下ろした。打ち合わせ用のテーブルの上には、ミネラルウォーターのペットボトルが予《あらかじ》め四本置かれている。灰皿はない。事務所の中は全面禁煙《きんえん》なのだ。

「ただいま塚原が参りますので、少々お待ちください」

男性スタッフが去ると、吹《ふ》き抜《ぬ》けの天井《てんじょう》を見上げた青木が感嘆《かんたん》混じりにつぶやく。

「明るいなぁ。冬日が燦々《さんさん》と差し込んで、日中は暖房《だんぼう》がなくても充分《じゅうぶん》あったかいですしね」

「そうだな。石造りのせいか夏も涼《すず》しいし……」

「格好がいいだけじゃなくてちゃんとエコなところが塚原さんらしいっていうか。それにしても……相変わらず大変な数の蔵書ですね。前に来た時よりも増えている気がする」

きょろきょろと視線を彷徨《さまよ》わせた青木が、ネクタイのノットを弄《いじ》りながら——さすがに今日は作業服ではなくスーツを着ている——落ち着かない声を出した。

「なんだか相手がガイジンさんだと思うと、顔合わせも緊張《きんちょう》しますね。その、カルロスさんて方はいつから日本にいらしてるんですか？」

「今朝早くにこちらに着くという話だったが」

そこまで話したところで、パーティションの陰《かげ》から塚原が現れる。今日の塚原はチャコールグレイのフランネルのスーツに黒のシャツを着て、芥子色《からしいろ》のネクタイを締《し》め、胸にチーフを差していた。

「待たせてすまない」

近づいてきた塚原が、塚原にプレゼントされた細身のロイヤルブルーのスーツを着ている尚史を一瞥《いちべつ》し、わずかに口許《くちもと》で微笑《ほほえ》む。

「塚原さん」

立ち上がって一礼した尚史の近くまで来て、耳許にひそっと囁《ささや》いた。

「よし、ちゃんと眼鏡《めがね》をしてきたな」

（——え？）

よしってなんなんだと面食《めんく》らっていると、青木が塚原に向かってお辞儀《じぎ》をした。

「塚原さん、ご無沙汰《ぶさた》しています」

「ひさしぶりだな。夏の物件では世話になった」

「こちらこそ。久々に塚原さんとお仕事ができて楽しかったです」

夏の物件というのは、塚原自身が施主《せしゅ》となって柏樹建設に施工《せこう》を依頼《いらい》してきたコンクリートの匣《はこ》だ。この仕事は、尚史が初めてひとりで担当した物件で、尚史の至らぬ部分を青木は陰ながらずいぶんとサポートしてくれた。そのことは、塚原も当然わかっているのだろう。

「カルロスだが、いったんホテルにチェックインしてから、こちらに来る段取りになっている。さきほど車中から連絡《れんらく》があったが、道が混《こ》んでいて少々遅《おく》れているようだ」

塚原は尚史たちと向かい合わせの二脚《きゃく》のうちの右側の椅子に座り、カルロスが到着《とうちゃく》するまで三人で少し雑談をした。

こんなふうに、誰かを交えて塚原と話すのはひさしぶりなので、少し緊張する。青木の手前、彼と同じく、塚原と会うのは久方ぶりだというふうに装わねばならない。そのあたり、妙《みょう》にオープンというか、あまり自分たちの関係を隠《かく》すつもりのないらしい塚原が話をちゃんと合わせてくれるか心配だったが、どうやら、ビジネスとプライベートを混同するつもりはないようだ。内心ほっとする。

尚史にはすでに話してくれていた、上海を含《ふく》めた海外の建築事情などを、塚原が青木に語って聞かせているうちに、玄関のブザーが鳴った。

「着いたようだな」

塚原がつぶやき、ほどなくしてスタッフが、すらりとした長身をチョコレートブラウンのスーツに包んだ外国人男性を案内してきた。白いシャツを着て、ワインレッドのネクタイを締めている。

「カルロス」

塚原が立ち上がり、男性の前に歩み寄った。右手を差し出す。

「ひさしぶりだな。無事についてよかった。フライトは快適だったか？」

塚原の右手を握《にぎ》った若い男性が、見た目どおりの若い声で言った。

「おひさしぶりです。ミスター。遅《おそ》くなってすみません。フライトは快適でしたが、東京の道は混んでいました」

隣《とな》りの青木が虚《きょ》を衝《つ》かれたような声で「……日本語」とつぶやく。事前に塚原に話を聞いていた尚史も驚《おどろ》いた。外国人が話す片言交じりの日本語ではなく、イントネーションまで完璧《かんぺき》だったからだ。

「柏樹」

塚原に名前を呼ばれて立ち上がる。ふたりの前まで歩を進めた尚史は、男性の前で足を止めた。

「施工を担当する柏樹建設の柏樹だ」

塚原の紹介《しょうかい》を耳に軽く頭を下げる。

「柏樹です。初めまして」

挨拶《あいさつ》をして顔を上げると、明るい輝《かがや》きを放つブラウンの瞳《ひとみ》と目が合った。

くっきりと太い眉《まゆ》と高い鼻梁《びりょう》。やや大きめの唇《くちびる》。

ごく普通《ふつう》に、モデルとして雑誌にでも登場しそうな甘い顔立ちのハンサムだ。瞳と同色の短めの髪《かみ》。もみあげが少し長めにカットされているのが、今時の若者らしい。右耳にシルバーのピアスが嵌《は》められているのを見て、『カルロスはゲイだ』という塚原の台詞《せりふ》が蘇《よみがえ》った。

右耳のピアスはゲイの象徴《しょうちょう》——というのは一部で有名な話だ。

つまり、彼は自分の性癖《せいへき》を公《おおやけ》にしているということだ。

勇気があるな、と思った。自分にはとても無理だ。

同じ性癖を持ちながら、自分とは正反対の青年の顔を、思わず眼鏡の奥から見つめていると、青年もまたじっと見つめ返してくる。

「柏樹、この男がカルロス・デュランだ」

塚原の声ではっと我に返った尚史は、用意してあった名刺《めいし》を差し出した。

「よろしくお願いします」

「こちらこそよろしく。カルロスと呼んでください」

受け取ったカルロスが「漢字は読めないんです」と言って名刺を裏返す。

「Naofumi Kashiwagi?」

ローマ字表記を読み上げ、視線を上げた。

「あ、はい」

「company executive――お若いのに社長さんなんですか？」

「名ばかりです。本当に小さな会社ですので」

謙遜《けんそん》する尚史に、カルロスが「でもすごいですよ」と大きめの唇を横に引く。笑うと、さらに若々しい印象になった。

「僕はビジネスカードは持っていないんです。その代わり、バルセロナの店のショップカードがありますから、後日お渡《わた》しします。何かあったら、そちらにご連絡をいただければ」

「ありがとうございます。こちら、うちの青木です。私の補佐《ほさ》を務めます」

「青木です。よろしくお願いします」

緊張した面持《おもも》ちの青木が名刺を差し出した。

「いつまでも立ち話もなんだ。座ろう」

塚原の促《うなが》しで、全員が椅子《いす》に腰を下ろす。カルロスは塚原の横に座った。席に着くなり、カルロスが隣りの塚原に向き直る。

「ミスター、まずはお礼を言わせてください。とてもお忙《いそが》しいのに、今回の依頼を引き受けてくださってありがとうございます。エドゥアールに聞いた時は本当にうれしかったです」

「エドゥアールにどうしてもと頭を下げられちゃ断れないさ。それに、たまにはこういった自由度の高い物件を手がけないと息が詰《つ》まる」

肩《かた》を竦《すく》めた塚原が、椅子の背にもたれて腕《うで》を組んだ。

「早速《さっそく》だが、銀座の新店舗《てんぽ》について、何か具体的なイメージやリクエストはあるか？」

「そうですね、ミスターに設計していただいたバルセロナの本店をとても気に入っているので、あの雰囲気《ふんいき》は踏襲《とうしゅう》していただきたいです」

尚史は資料としてもらっていた本店の写真を思い浮《う》かべた。塚原らしく、重厚《じゅうこう》でいてシックな佇まいの店だった。

「でも、東京らしいテイストも欲しいです。モダンでクールで若々しい感じが」

「欧州《おうしゅう》と東京のコンフュージョンか。銀座の街並みとの調和も必要だしな」

思案するような表情で、塚原が顎《あご》をさする。

「銀座は東京の中でもハイソサエティな街なんですよね？」

「少なくとも地価は日本一高いな。必然的に高級レストランという位置づけになり、それなりの外観と内装を求められるだろう。——まずは一度、現地を見たほうがいいな」

つぶやいた塚原が、カルロスを見た。

「たしか建設予定地は今はまだビルが建っているんだったな？」

「そうです。テナントは撤去《てっきょ》して現在ビルを封鎖《ふうさ》しているという話です」

「それでもロケーションの確認《かくにん》はできる。カルロス、きみはいつまでこっちにいる？」

「一週間の予定です。どうせなら日本の文化を吸収したいと思って、休暇《きゅうか》を兼《か》ねて少し長めに日程を設定してきました」

「俺は明後日から上海だが」

塚原が胸元《むなもと》に手を入れ、黒革《くろかわ》の手帳を取り出した。スケジュールを確認してから顔を上げる。

「明日の一時から三十分なら時間が作れる。きみはどうだ？」

ジャケットの内ポケットからモバイルを取り出したカルロスが、スケジュールを確認しているのか、ボタンを操作しつつ、しばらくディスプレイを眺《なが》めたのちに、「大丈夫《だいじょうぶ》です」と言った。

「柏樹、おまえは？」

振《ふ》られて、尚史は即答《そくとう》する。

「私も大丈夫です。青木くん、きみは?」

「私も大丈夫です」

「じゃあ、明日このメンバーで建設予定地のロケーションを確認しよう。一時に現地集合でいいか? 住所はわかるな?」

「わかります」

塚原の確認に尚史がうなずくと、カルロスが「あの」と言葉を発した。

「もしビルの中も見学したいということでしたら、東京ブランチのスタッフに手配してもらいますが」

「そうだな。そうしてもらえると助かる」

明日の段取りがおよそついたタイミングで、事務所の男性スタッフがパーティションから顔を覗《のぞ》かせる。

「塚原さん、上海からお電話が入っています」

「わかった。——失礼」

塚原が立ち上がり、席を外した。

三人になったとたん、カルロスが尚史に話しかけてくる。

「ミスターとは長いんですか?」

一瞬《いっしゅん》、違《ちが》う意味に聞こえ、ドキッとしたが、すぐに思い違いに気づいた。

「私の父の代からおつきあいをさせていただいています。かれこれ十年以上になるでしょうか」

内心の動揺《どうよう》を隠《かく》すために眼鏡《めがね》のブリッジを押し上げる。

（馬鹿《ばか》。彼が知っているわけがないだろう）

青木が横でこくこくと首を縦に振った。

「十年も？　よっぽど信頼《しんらい》されているんですね」

ブラウンの目を大きく見開かれ、尚史は控《ひか》えめに微笑《ほほえ》んだ。

「そうだといいのですが。見限られないよう、お仕事で組ませていただく都度緊張《きんちょう》します」

「ミスターは厳しいでしょう？　バルセロナの本店の時も、ミスターはちょくちょく作業現場に顔を出してくださったんですが、そのたびに職人たちがかなり叱《しか》られていました」

その様子がまざまざと目に浮かぶようだ。尚史は「わかります」と同意した。

「でも、他人だけでなく、ご自分にも厳しい方なので。決して妥協《だきょう》せず、理想をとことん追《つい》求《きゅう》する姿勢には頭が下がります」

「たしかに、おかげで仕上がりは素晴《すば》らしいものになりました」

カルロスが大きくうなずく。

「今回は新店舗の準備のための来日ですか？」

「ええ、そうです。建物の他《ほか》にも新しいスタッフの雇用《こよう》とか、食材の仕入れ先とか、決めなくてはいけないことがたくさんあって大変です」

「けれど新しいことを始める楽しさもありますよね」

「そうですね」

カルロスがにっこりと笑った。

日本語が達者なせいもあるが、とてもフランクで話しやすい青年だ。なんとなくだが、上手《うま》くやっていけそうな気がした。

（よかった）

「日本にいらっしゃるのは今回が初めてですか？」

「はい。日本には子供の頃《ころ》から憧《あこが》れていて……一度来てみたかったんですが、まとまった休みがなかなか取れなくて。ですから今回の来日が決まってすごくうれしかったんです。本当に何ヵ月も前から楽しみにしていました」

一点の曇《くも》りもない澄《す》み切った笑顔《えがお》を前にすれば、おのずとこちらの顔にも笑みが浮かんでくる。気がつくと尚史はとても自然に、会ったばかりの異国の青年との会話を楽しんでいた。


翌日は予定どおりに四人で銀座の建設予定地を見て回った。

『Rossellini Giappone』のスタッフが現場に立ち会ってくれたおかげで、ビルの内部や屋上を見ることもできた。屋上からの景観を眺め、近隣《きんりん》の街並みを歩く。青木と尚史は、周囲の車の流れや道幅《みちはば》などをチェックした。実際の工事が始まった際に、工事車両が出入りするための道幅がどれだけあるかが重要になってくるからだ。

塚原はデジカメでたくさんの写真を撮《と》っていたが――。

（イメージを摑《つか》めたんだろうか）

施工《せこう》を請《う》け負う自分たちの出番は、今の段階ではほとんどない。

尚史たちが動けるのは、塚原の構想が固まり、ラフスケッチや模型が出来上がってからだ。

銀座から戻《もど》り、午後からは別の仕事で動いていた尚史の携帯《けいたい》が鳴ったのは、その夜の九時過ぎだった。

『やはりカルロスはおまえを気に入ったようだな』

塚原の苛立《いらだ》ちを含《ふく》んだ声が耳に届く。

「そうですか？」

『今日もおまえばかり見ていた』

そうだろうか。熱心にあちこちを見て回り、塚原と活発に意見を交換《こうかん》し合っていたように見えたけれど。

『……眼鏡でガードするのも限界か』

低音のつぶやきがよく聞き取れずに聞き返す。

「すみません、電話が遠くてよく聞こえな…」

『まぁいい。とにかく気を許すなよ』

昨日に引き続き念を押され、おそらくカルロスの滞在中《たいざい》にもう会うこともないし、取り越《こ》し苦労《ぐろう》だとは思ったが、一応「わかりました」と答える。

「明日は早いんですか？」

『ああ、朝一番の便で発《た》つ。悪いが、オーギュを頼《たの》む』

「はい。お任せください」

塚原が不在の間、尚史はオーギュの世話のために、塚原の家に泊《と》まることになっていた。

今回は三日家を空けるので、塚原はペットホテルに預けてもいいと言っていたのだが、尚史が自分から面倒《めんどう》を見たいと申し出たのだ。たとえ数日でも、狭《せま》い檻《おり》に入れるのはかわいそうだったからだ。

『戻りは明々後日の予定だ。向こうから連絡《れんらく》ができるようならするが、シンポジウムも入っているし、おそらくなかなか時間が作れないだろう。戻り次第《しだい》に連絡を入れる』

「わかりました。お気をつけていってらしてください」

声が聴《き》けないのは寂《さび》しくないと言えば嘘《うそ》になるが……これぱかりは仕方がない。

それに、塚原は忙《いそが》しい合間を縫《ぬ》って、こうしてちゃんと連絡を寄越《よこ》してくれる。その気遣《きづか》いがうれしかった。

塚原が上海に発った翌日の午後のことだった。

会社の近くの定食屋で、ひとり遅《おそ》めの昼食を取っていた尚史の携帯が鳴った。見知らぬ着信ナンバーだったが、仕事関係者である可能性も捨てきれずに通話ボタンを押す。

「はい、もしもし?」

『カシワギさんですか?』

聞き覚えのない声。尚史は警戒《けいかい》を強めた。

「そうですが……」

『カルロスです。昨日はお世話になりました』

「カルロスさん!?」

意表を突《つ》かれ、少し大きな声が出てしまった。

名刺《めいし》に携帯のナンバーも刷り込んであるので、彼が直接かけてくるのも不思議ではないが。

『今、少しお話しても大丈夫《だいじょうぶ》ですか?』

「すみません、ちょっと場所を変わりますので」

　尚史は立ち上がり、店の外にいったん出た。引き戸を後ろ手に閉め、ふたたび携帯を持ち直す。

「失礼しました。——どういったご用件でしょう？」

『あの、実はカシワギさんにお願いがあって』

「お願い、ですか？」

　仕事のことだろうかと考える。何かトラブルが起こったのだが、塚原が上海にいるので、代わりに自分にかけてきたとか？

「何かありましたか？」

　やや緊張した声で問うと、『あ、違《ちが》います。トラブルとかじゃありません』とすぐに否定された。

『個人的なお願いです。カシワギさん、今夜僕と一緒《いっしょ》に食事をしていただけませんか？』

「えっ」

　予想外の「お願い」に尚史は息を呑《の》んだ。携帯を握《にぎ》り締《し》めながら、塚原の警鐘《けいしょう》が頭を過《よ》ぎる。

　——気をつけろ。

　——とにかく気を許すなよ。

　警告されていたとはいえ、こんなにストレートに来るとは思わなかった。

　虚《きょ》を衝《つ》かれた気分でいると、カルロスが『すみません』と恐縮《きょうしゅく》した声を出す。

『いきなりで驚《おどろ》かれましたよね？　東京には世界的にも有名な素晴らしいレストランが集中しているので、せっかくだから何軒《げん》かで食事をしてみたいと思っているんですが、ひとりだとメニューの種類をあまりたくさん味わえないので、おつきあいしてくださる方を探しているんです。図々《ずうずう》しいお願いだとはわかっているんですが』

「昨日銀座の現場に立ち会ってくださった『Rossellini Giappone』のスタッフの方とかは？」

『彼らも四月のブランチ立ち上げを目前にして忙しいですし、家族がいるので毎日つきあわせるのは悪くて』

「…………」

(困ったな)

どうしよう。

実際のところ、単に他《ほか》に知り合いがいないから自分に頼んできただけで、他意はないのかもしれない。カルロスは塚原を介《かい》してのクライアント筋に当たるわけだし、本来はむしろこちらからアテンドするべきなのかもしれないが、やはり塚原にあそこまで念《ねん》押しされた以上、軽々しく誘《さそ》いに乗るわけにはいかなかった。

「……すみません」

『駄目《だめ》ですか？』

「仕事が立て込んでいて、ちょっと時間が取れそうにありません。申し訳ありませんが、他の方を当たっていただけますか？」

『じゃあ、明日は？』

「明日もちょっと……」

『……そうですか』

心の底からがっかりしたような声に、胸がちくりと痛んだ。

少しかわいそうだと思ったが、そこは心を鬼《おに》にして、もう一度「ご希望に添《そ》えなくてすみません」と謝った。

『……いえ、こちらこそいきなりすみませんでした。一昨日初めてお会いした時も気を遣《つか》ってあれこれと話しかけてくださって、お話していてすごく楽しかったし……カシワギさんみたいにきれいな人と食事ができたらさぞかし楽しいだろうなぁと思ったんですけど』

冗談《じょうだん》めいた口調でそんなことを言われ、なんと返していいのか返答に困る。

「……本当にすみません」

『そんなに謝らないでください。また機会を見てお誘いしてみますから』

最後は明るい声でそう言って、『じゃあ、また』と通話は切れた。

耳許《みみもと》から携帯を離《はな》し、パチッと折《お》り畳《たた》んだ尚史は、地面にため息混じりのつぶやきを落とした。

「『また』って言われてもなぁ」

3

その夜、八時過ぎ。

尚史は自分の車を運転し、塚原の家へ向かった。カードキーで外門を開け、ガレージに車を入れる。

常夜灯の下、玄関《げんかん》に立ち、塚原に渡《わた》されているスペアキーを使ってドアを開けた。

「ワウッ」

尚史の気配を察して玄関口で待ち構えていたオーギュが喜びの声をあげる。

「ただいま。お待たせ、オーギュ。ひとりで留守番、偉《えら》かったな」

しゃがみ込んで声をかけ、頭を撫《な》でてやる。オーギュが激しく尻尾《しっぽ》を振《ふ》って、尚史に大きな体を擦《こす》りつけてきた。しばらくその首筋を軽く叩《たた》いたり、耳の下を掻《か》いてやったりしてから、立ち上がる。

「おいで。フードをやるから」

オーギュを従えて廊下《ろうか》を歩き、リビングへ続く内扉をくぐった。リビングには、オレンジの間接照明がところどころ点《とも》っている。オーギュが暗闇《くらやみ》を嫌《いや》がるためだ。

カーテンを閉めて天井《てんじょう》の照明を点《つ》ける。通いの家政婦が来たあとらしく、室内は整然と片づいていた。

オープンキッチンまで足を運び、ストック棚《だな》の扉《とびら》を開ける。ドッグフードの袋《ふくろ》を取り出し、空の陶器《とうき》の餌《えさ》皿に振り入れた。オーギュがすぐにガッガッと食べ始める。

かわいそうに。相当にお腹《なか》が空《す》いていたのだろう。

「ごめん……もっと早く来たかったんだけど、出際《でぎわ》に来客があって思ったより遅くなっちゃったんだ。これを食べたら散歩に行こうな」

飲み水を新しいものに替《か》え、ドッグフードを夢中で咀嚼《そしやく》するオーギュを見守っていると、どこかでかすかにカチッという物音がした。オーギュの耳がびくっと揺《ゆ》れて、くるっと玄関のほうへ鼻先を向ける。

ほどなく、今度ははっきりと、ガチャッという音が聞こえてきた。——やはり玄関だ。

(空き巣!?)

「ウ、ウウ……」

唸《うな》り始めたオーギュを「しっ」と黙《だま》らせて、尚史はコートのポケットにそっと手を入れ、中から携帯《けいたい》を取り出す。いざという時にはすぐ警察に通報できるよう、携帯を握り締めた状態でキッチンを出た。オーギュもトコトコと後ろから付いてくる。

足を忍《しの》ばせてリビングを横切り、開け放たれた内扉の隙間《すきま》から廊下の様子を窺《うかが》った。

細いシルエットが玄関で靴《くつ》を脱《ぬ》ぎ、室内に上がろうとしている。

（女？）

息を呑み、観察していると、コート姿の女性は勝手を知った足取りで、まっすぐこちらへ向かって歩いてきた。

彼女がリビングに足を踏《ふ》み入れたところで、我慢《がまん》できなくなったらしいオーギュが「ワウッ」と吼《ほ》える。

「誰《だれ》!?」

鋭《するど》い声が室内に響《ひび》いた。今にも不審《ふしん》者に飛びかかりそうなオーギュを、尚史は首輪を摑《つか》んで引き留める。

「オーギュ、ステイ！」

「……ウ、ウゥ」

「あなた、誰？」

女性がまっすぐ尚史を睨《にら》みつけてきた。尚史も、女性を正面から見据《みす》える。

見知らぬ男を前にしてまるで怯《ひる》まない。相当に気丈《きじょう》な女性のようだ。

鎖骨《さこつ》のあたりまでのセミロングヘア。かなりの美人だが、その気丈さが表れているようなきつい顔立ちをしている。年の頃《ころ》は三十代半ばくらい。長身のモデル体型で、黒のパンツにベージュのタートルネックのセーター、その上にやはり黒の膝丈《ひざたけ》までのコートを羽織っていた。右《みぎ》腕《うで》にはクロコダイルのケリーバッグ。

通いの家政婦ではなさそうだ。

「……あなたこそ、誰ですか？」

しかし女性は尚史の質問には答えず、尖《とが》った声音《こわね》で問い質《ただ》してきた。

「人の家に勝手に上がり込んで、ここで何をしているの？」

ここまで堂々と誰何《すいか》してくるということは、どうやら空き巣というわけでもないらしい。尚史は考えを改め、自分の事情を説明した。

「私は、塚原さんに頼《たの》まれて、オーギュに餌をやりに来ました」

「塚原に？」

塚原を呼び捨てにした女性が、柳眉《りゅうび》をひそめる。こちらを睨《ね》めつけるその険しい表情を見つめながら、ふっと脳裏《のうり》に閃《ひらめ》きが走った。

（ひょっとして……この人は）

「そんな話、聞いていないわ」

眉間《みけん》に皺《しわ》を寄せたまま、女性が言い放つ。

嫌な予感を胸に、尚史はおずおずと切り出した。

「あの……失礼ですが、そちら様は塚原さんとどういったご関係ですか？」

「塚原は元夫よ」

やっぱり！

もしやという予感が当たり、衝撃《しょうげき》に肩《かた》が震《ふる》える。

（この人が……塚原さんの奥さんだった人）

目の前の美しい顔をもう一度まじまじと見つめた。

この人が……。

「あなた、もしかして塚原の事務所のスタッフ？」

いっこうに和《やわ》らぐ気配のない硬《かた》い声で問いかけられ、尚史ははっと我に返る。

「いいえ、違《ちが》います」

「違うの？」

いよいよ疑わしげな眼差《まなざ》しを向けられて、奥歯を噛《か》み締《し》めた。

「じゃあ何？　塚原が鍵《かぎ》を渡すなんて、あなたたちどういう関係なの？」

どんなに怪《あや》しまれても、自分たちの関係を説明するわけにはいかない。相手が塚原の前妻ならばなおのこと。

仕方なく、尚史は胸元《むなもと》から名刺《めいし》入れを取り出した。

「私はこういう者です」

差し出した名刺を、塚原の前妻が引ったくるように掴む。

「柏樹建設株式会社　代表取締役《とりしまりやく》？」

「はい、柏樹と申します。塚原さんには仕事でお世話になっております」

名刺と尚史の顔を見比べていた女性が、腑《ふ》に落ちないような声で「ふぅん」とつぶやいた。

「単なる仕事関係の相手に自宅の鍵を預けるなんて、塚原はずいぶんとあなたを信頼《しんらい》しているのね？」

「…………」

まだ完全には信用していないといった顔つき。

値踏《ねぶ》みするような眼差しに晒《さら》されながら、胸がズキズキと痛み出す。

本当は、こっちこそ問い詰《つ》めたかった。

なぜ、別れたはずの前妻がいまだに塚原の家に出入りしているのか。

三年前に別れたんじゃなかったのか。娘《むすめ》を連れて、この家を出ていったんじゃなかったのか。

もしかして……。

今までは、バッティングしたことがなかったから気がつかなかったけれど、それはたまたまで、もしかしたらこの半年の間も、お互《たが》いにそれと知らずにニアミスしていたんだろうか。

考えを巡らせているうちに、じわじわと血の気が引いて、手足の指先が冷たくなり始める。

「…………」

色を失った唇《くちびる》を噛み締めていると、気まずい沈黙《ちんもく》を破るように、女性がふっと息を吐《は》いた。

「まぁいいわ。この名刺はもらっておきます。あなた、もう用は済んだのでしょう？」

「あ……でも、まだ散歩が残っています」

すると女性が首を左右に振る。

「それはもう今日はいいから」

冷ややかな声音に、ひくっと顔が引きつるのが自分でもわかった。

「……でも」

思わず縋《すが》るような声を出したとたん、ぴしゃりと「散歩はけっこうです」と撥ね付けられる。

「一日くらい散歩させなくても死にはしないわよ。この部屋の中だけでも充分《じゅうぶん》に広いし」

オーギュが自分の話題だとわかったかのように、ぎゅっと握《にぎ》り締めた尚史の拳《こぶし》に鼻面《はなづら》を押しつけて「クゥン」と鳴いた。

「今日はもう帰ってください。申し訳ないけど、この名刺だけじゃあなたを完全には信用できないから」

まるで、この家の女主人のような物言い。

追い払《はら》われ、自分の居場所を失った尚史は、「文句があるの？」と言いたげな女性から、ゆるゆると目を逸《そ》らした。

塚原の過去。彼が結婚《けっこん》していたという事実。塚原の過去に存在していた妻と娘。

今までも、そのことを頭に思い浮《う》かべたことはあった。

けれど、実際にこの目で見て、言葉を交《か》わしてしまうと、その存在が現実感を伴《ともな》って迫《せま》ってくる。想像の中のイメージじゃなくて、ちゃんと彼女たちが生きているのだというリアリティが——。

（きれいな人だった）

資産家の娘だと聞いていたけれど、本当にそんな感じだった。

気位が高そうで、人に命令することに慣れている感じ……。

塚原さんはあの人と結婚していたのか。どんな夫婦《ふうふ》だったのだろう？　子供まで成《な》しておきながら、どうして別れたのだろう？

たしか、別れて三年のはず。離婚《りこん》の理由は知らない。塚原は言わなかったし、向こうが言わないものを根ほり葉ほり聞き出すような真似《まね》もしたくなかった。

独身の自分には想像もつかないような理由なのかもしれないし、夫婦のことは、結局のところ夫婦にしかわからないのかもしれない。

別れてからも親しくつきあう夫婦の話もよく聞く。もう夫婦ではないにせよ、娘の父であり、母であることには変わりない。だから、彼女が塚原の家に出入りすることも、そう不思議なことではないのかもしれない。

（でも……）

――あなた、誰《だれ》？

――人の家に勝手に上がり込んで、ここで何をしているの？

――塚原は元夫よ。

冷ややかな声音を耳に還《かえ》しながら何度目かの寝返《ねがえ》りを打ち、重苦しいため息を吐く。ベッドの中に入ってからずいぶん経《た》つが、あれやこれやと考えてしまい、全然寝付けなかった。それどころか、刻一刻と頭が冴《さ》えていく。

（本当は）

本当は……塚原がまだ前妻の姓《せい》を名乗っていることが、心のどこかに引っかかっていた。そのことにいまさら改めて気がつく。

仕事上の都合という事情はわかっている。戸籍《こせき》上は「須賀《すが》」姓《せい》に戻《もど》っているが、世間に「塚原新也」の名前が浸透《しんとう》してしまっている以上、仕方がないことなのだとわかっている。

それでも、彼らがまだ同じ姓を持っていることがずっと……胸に閊《つか》えていたのだ……。

そんな小さなことをうじうじと気にしている自分に、同時に嫌悪《けんお》を覚えつつも。

塚原に電話をして、今夜の出来事を話してしまいたい衝動《しょうどう》にも駆《か》られたが、悩《なや》んだ末に思いとどまった。今頃《いまごろ》は明日のシンポジウムに備えて寝ているか、準備をしているだろう。ただでさえ海外出張で疲《つか》れているところに、余計な雑念で惑《まど》わせたくはなかった。

結局、悶々《もんもん》と寝返りを繰《く》り返して、まんじりともできないままに朝を迎《むか》える。

睡眠《すいみん》不足で重だるい体を引きずり、定時に出社した。鬱々《うつうつ》とした気分を抑《おさ》え込んで、表面上はいつもと変わらずに仕事をこなし、昼休みを迎える。

「社長、俺たち昼に出ますけど、どうしますか？」

営業担当の社員に訊《き》かれたが、尚史は「自分はいい」と断った。とてもじゃないが、ランチに出る気分じゃない。実際に食欲もなかった。

ひとりオフィスに残って眼鏡《めがね》を外し、じんわりと熱を孕《はら》んだ目蓋《まぶた》を指で揉《も》む。しばらくして、ふと指の動きを止め、ひとりごちた。

「そうだ……オーギュ」

昨夜は予期せぬアクシデントが起こり、散歩に連れていってやれなかった。彼女は「一日くらい」と言っていたが、大型犬のオーギュは一日でもストレスが溜《た》まるはずだ。

今夜もまた前妻と鉢合《はちあ》わせしたらと思うと気が重かったが、放ってはおけない。今日はなるべく早く行ってやらねば。

そう思い決めた尚史がふたたび眼鏡をかけ直した時、外線電話が鳴り始める。オフィスホンに手を伸《の》ばし、受話器を取った。

「はい、柏樹建設です」

『もしもし？　わたくし、塚原と申しますが』

女性の声にドキッと心臓が撥《は》ねる。

――塚原⁉

（って、もしや）

『柏樹さんをお願いします』

「……私が柏樹ですが」

声が震《ふる》えそうになるのを必死に堪《こら》え、なんとか言葉を発した。

『ああ……覚えてらっしゃる？　昨夜、塚原の家でお会いした……』

やっぱり！

「……覚えています」

忘れられるわけがない。おかげで一睡《いっすい》もできなかったのだ。

『あれから調べたけれど、名刺《めいし》の会社はちゃんとした実在の会社だったわ』

身元調査をしたと、しれっとそんなことを言われて言葉に詰まる。

「そう……ですか」

『昨日はごめんなさい。でもこうしてちゃんと電話にも出ていただけたので、あなたの身元《みもと》は確認しました』

謝られても、心はいっこうに晴れなかった。

『それでね、塚原に頼《たの》まれていたという件、引き続きお願いします』

「頼まれていた件……というと、オーギュの世話ですか？」

『そう、あの子も今日は散歩に行かせなくちゃかわいそうだから。塚原が戻ってくるのは明後日でしょう？』

「……あ、……はい」

海外出張の日程も把握《はあく》しているのか。

ただでさえどんよりしていた気分がさらにずしんと重く沈《しず》み込む。

『よろしい？』

まるで使用人扱《あつか》いだと思ったが、本来頼まれずとも世話をしにいくつもりだったので「わかりました」と承諾《しょうだく》した。

『よろしくお願いしますね』

最後にそう言って電話は切れた。受話器を置いたとたんにどっと疲れを覚えた尚史は、デスクに重苦しいため息を零《こぼ》した。

その後はいよいよ気持ちが落ち着かず、仕事にも身が入らなかったので、六時半には仕事を切り上げて塚原の家へ向かった。

餌《えさ》やりに散歩と、オーギュの世話をひととおり済ませ、自分もシャワーを浴びた尚史は、水を飲むためにキッチンに立った。冷蔵庫からミネラルウォーターを取り出し、グラスに注いでリビングに戻る。ソファに腰《こし》を下ろし、グラスの水を飲み干してふぅ…と息をついた。

結局、朝から水分以外は何も胃に入れていない。なのに不思議と空腹感はなかった。

「クゥーン」

足許《あしもと》にオーギュが近寄ってきて蹲《うずくま》る。その頭を撫《な》でながら、ぼんやりとリビングを見回した。主のいない部屋は、いつにも増してがらんと広く感じる。こんなに心許ない気分になったのは、塚原とつきあい始めてから初めてのことだ。

（――塚原さん）

早く帰ってきて欲しい。けれど、顔を見たら何か余計なことを口走ってしまいそうで、それはそれで怖《こわ》い。

相反する心情に揺《ゆ》れる尚史の視線が、暖炉《だんろ》の上にふと引きつけられた。立ち上がり、吸い寄せられるみたいにふらふらと近づく。

暖炉の上には写真立てが飾《かざ》られていた。フレームの中では、小学校高学年くらいの年齢《ねんれい》の女の子が笑っている。塚原の娘《むすめ》だ。以前から写真立てはここに飾ってあり、きれいな子だと思っていたが、今にして思えば、小作りに整った顔立ちと大きな目は母親譲《ゆず》りなのかもしれない。

今は別々に暮らしているひとり娘。

塚原の口から娘の話題が出たことはないが、こうして写真を飾っているくらいだ。誰よりも愛《いと》おしく思っているに決まっている。

そのかわいい娘のために、前妻と復縁《ふくえん》ということもありうるのではないか。塚原はもともとはノーマルなのだから……。

ピルルルルルッ。

シンと静まり返った室内に、突然携帯《とつぜんけいたい》の呼び出し音が鳴り響《ひび》き、尚史はびくんっと肩《かた》を揺らした。

誰だ？　まさか、塚原の前妻？

頭を過《よ》ぎった可能性に、ドキッとする。あわててローテーブルの上に置いてあった携帯を摑《つか》み、フリップを開いた。着信ディスプレイには、なんとなく見覚えのあるナンバーが並んでいる。

(この番号……ひょっとして)

そう思って出てみると、やはりカルロスだった。

『こんばんは。今、大丈夫《だいじょうぶ》ですか？』

「あ……はい」

『何度も電話しちゃってすみません』

「いいえ……あの、何か？」

『明日の夜、お食事にお誘《さそ》いしたいんですが、ご予定いかがですか？』

塚原の前妻の件ですっかり頭から抜《ぬ》け落ちていたが、そういえばカルロスは、前回の電話の最後に『また機会を見てお誘いしてみます』と言っていた。

だけど、本当にもう一度かけてくるとは思わなかった。

不意を衝《つ》かれた気分で黙《だま》っていると、カルロスが『駄目《だめ》ですか？』と訊いてくる。

『すごく美味《おい》しいフレンチレストランの予約が取れたんです。僕より幾《いく》つか年上でまだ若いんですけど、パリの三つ星で修業《しゅぎょう》を積んで帰国したシェフが開いたキュイジーヌ・コンテンポレーヌの店で、評判を耳にして前から一度彼の料理を食べてみたいと思っていて……普通《ふつう》は数ヵ月待ちらしいんですが、知り合いを介《かい》して特別に席を用意してもらえたんです』

一生懸命《いっしょうけんめい》な声音《こわね》で言い募《つの》ってくる相手に、尚史は困惑《こんわく》して喉許《のどもと》の嘆息《たんそく》を押し殺した。

想像以上に粘《ねば》り腰《ごし》というか、諦《あきら》めが悪いというか。

なんと言って断れば納得《なっとく》してくれるのか、思案しているうちに、カルロスが切羽《せっぱ》詰《つ》まった声を出す。

『どうしても、あなたと一緒《いっしょ》にその店の料理が食べたいんです』

「……カルロスさん、どうして……」

二度会っただけの自分にそこまで思い入れるのかと尋《たず》ねかけ、言葉《ことば》尻《じり》を奪《うば》われた。

『お願いです。一回だけ、一緒に食事してくれませんか？　東京の思い出に一回だけ』

一回だけ、という言葉に気持ちが揺らぐ。

東京に来ることを以前からとても楽しみにしていたとカルロスは言っていた。あの時の本当にうれしそうな顔を思い出せば、無下に断るのが忍《しの》びなくなってくる。

ここまでクライアントが懇願《こんがん》しているのだから……一回くらいなら……食事だけなら……。

『一回だけです』

迷う気配を察したように畳《たた》みかけられた。

『それで満足しますから』

そうとまで言われたら、さすがに断れない。塚原の忠告を忘れたわけではないが、これも広い意味では仕事の延長だ。突《つ》っぱね続けて、この先、仕事上の関係までもがこじれては困る。

「……わかりました。では一回だけおつきあいします」

あくまで今回だけといったニュアンスを強く押し出して承諾した瞬間《しゅんかん》、『やった！』と、弾《はじ》けたような大声が鼓膜《こまく》を震わせた。

『すごくうれしいです！　ありがとうございます！』

そんなに喜んでもらうほどのことではないと思うが。

当惑《とうわく》しつつも明日の待ち合わせの場所と時間を決めた。

『では、明日、楽しみにしています』

歓喜《かんき》を噛《か》み締《し》めるようなカルロスの声を耳に電話を切る。

携帯を折り畳みながら、ふと思った。

今塚原が側《そば》にいたら、昨夜塚原の前妻に会わなかったら、自分はどんなに懇願されてもカルロスの誘いに応じることはなかったかもしれない——と。

翌日。会社の帰りに塚原の家に立ち寄り、オーギュの世話をしてから、夜の七時二十分にカルロスと広尾《ひろお》の駅で待ち合わせをした。

改札口を出たところに立つ、キャメル色のコート姿の長身を見た刹那《せつな》、踵《きびす》を返して逃《に》げ出したい衝動《しょうどう》に駆《か》られたが、いまさらすっぽかすわけにもいかずにゆっくりと歩み寄る。

「……カルロスさん」

「カシワギさん！」

尚史の姿を見たカルロスが、ほっとしたような表情を浮《う》かべた。

「ちゃんと会えてよかった。来てくださってうれしいです」

本当にうれしそうににこにこと微笑《ほほえ》む。

きらきらしたブラウンの目で見つめられ、先程《ほど》の自分の心情に負い目を感じた尚史が俯《うつむ》くと、カルロスに「行きましょう」と促《うなが》された。

目的のレストランは駅から歩いて五分ほどの距離《きょり》にあった。大通りから一本逸《そ》れた裏道にひっそりと佇《たたず》んでおり、目立つ看板も出ていないので、ぱっと見ただけではそこがレストランだとはわからない。

「ここです」

カルロスが青山ブランチのスタッフに書いてもらったという地図を頼《たよ》りに、どうにかレストランに辿《たど》り着き、黒いフラットなドアの前に立った。ハンドルに手をかける前にドアが開き、ダークスーツを着た支配人らしき中年男性に微笑みかけられる。

「いらっしゃいませ」

「七時半に予約を入れています、カルロス・デュランです」

「二名様でご予約をいただいているデュラン様ですね。よろしければコートをお預かりします」

ふたりでコートを脱《ぬ》ぎ、クロークに預けた。

「こちらへどうぞ」

メインダイニングはモノトーンのシックなインテリアで統一されていた。壁際《かべぎわ》にずらりと並んだテーブル席の、一番奥まった場所に案内される。壁際のソファ席に尚史が座り、カルロスは向かい合わせの椅子《いす》に腰《こし》を下ろした。男ふたりで高級フレンチレストランのテーブルにつく居心地《いごこち》の悪さはあるが、カルロスとは疚《やま》しい関係ではないので、まだ幾分気が楽だ。

「そのネクタイ、似合っていますね」

改めて向かい合い、目と目が合った瞬間、カルロスがそんなお世辞を口にする。

「カシワギさんは色が白いから、パープルのタイが顔に映《は》えます」

「……ありがとうございます」

無意識に朝、手近にあったネクタイを締めてきただけだったが、儀礼《ぎれい》的に礼を述べた。以前は、地味な色合いのネクタイばかり締めていたが、塚原が嫌《いや》がるので最近は明るい色を締めるようになっている。今日締めているのも、塚原にプレゼントされたものだ。

そう言うカルロスは、今日はダークブラウンにグレイのチョークストライプの入ったスーツを着ている。シャツは白。ネクタイは光沢《こうたく》のあるシルバーだ。全体に落ち着いた色合いだが、右耳のピアスと左手の中指のシルバーの指輪が、年相応の若々しさを醸《かも》し出している。

「あの……」

気がつくと、カルロスがじっとこちらを見つめていて、尚史は困惑にうっすら眉《まゆ》をひそめた。顔に何かついているんだろうか。

「カルロスさん?」

「カルロスでいいです」

にこやかに否定された。

「カルロスって呼んでください」

そんなふうに言われてしまうと嫌だとは言えない。仕方なく、尚史は言い換《か》えた。

「……カルロス」

「僕もナオフミって呼んでもいいですか？」

こちらの要望も拒否《きょひ》できず、渋々《しぶしぶ》と小さくうなずく。すると目の前の顔が破顔した。

「じゃあ早速《さっそく》、ナオフミ。このお店は、ランチ、ディナー共に『おまかせの一コース』のみなんです。日本料理の懐石《かいせき》みたいに、ポーションの小さな皿がたくさん出てきます。デザートも入れて全部で十三皿出るらしいです」

「十三⁉」

その数に意表を突かれて、思わず両目を瞠《みは》る。

「スタイルとしては現代スペイン料理の流れを汲《く》んではいるんですが、それをフレンチにアレンジして、なおかつシェフオリジナルの創意工夫《くふう》を加えているのが特徴《とくちょう》です。あとはキュイソン——火の入れ方が独特だという話です」

「なるほど」

「まずは食前酒をいただきましょうか。グラスシャンパンでいいですか？」

「あ、はい」

カルロスがサービススタッフにオーダーを告げ、ほどなくグラスが二脚《きゃく》運ばれてきた。ソムリエによって、シャンパンゴールドの液体が慎重《しんちょう》にグラスに注がれる。

「では、あなたとこうしてディナーの席につける幸運に乾杯《かんぱい》」

カルロスがグラスを掲《かか》げ、恥《は》ずかしい台詞《せりふ》を臆面《おくめん》もなく口にした。隣《とな》りの席のカップルに聞こえやしないかとひやひやしたが、彼らはお互《たが》いの声しか聞こえていないようで安心する。

「……乾杯」

尚史もグラスを掲げたあとで、シャンパンを一口含《ふく》んだ。熱いものが胃に落ちていくのを感じる。このところ食欲がなくてまともな食べ物を胃に入れていなかったから……。

（あまり寝《ね》てないし、アルコールはほどほどにしておこう）

やがてアミューズを皮切りに、次々と皿が運ばれてくる。たしかにカルロスの言うとおりに、懐石のように盛りつけがいちいち凝《こ》っていて、絵画を見ているような気分にさせられる。十三皿と聞いて、そんなに食べられるだろうかと案じていたが、一皿の分量が少ないので、割合すんなりと食べられてしまう感じだ。どの皿もそれぞれが違《ちが》う味わいで美味《おい》しかった。

カルロスは、皿が運ばれてくるたびに、サービススタッフに根ほり葉ほり材料や料理法を聞き、一口食べては感嘆《かんたん》めいた言葉――スペイン語なので意味はわからないが――を発していた。時に満足そうな笑顔《えがお》で、時に何かを分析《ぶんせき》するような真剣《しんけん》な面持《おもも》ちで料理を味わっている。そうして、皿を下げるサービススタッフに毎回必ず「とても美味しかったです」と声をかけていた。おそらくは自身もレストランを任される身として、ゲストの好意的な反応が厨房《ちゅうぼう》スタッフのモチベーションを上げることを身にしみてわかっているのだろう。

「そういえば、ナオフミはスペインに来たことは？」

コースの折り返しを過ぎたあたりで、それまではもっぱら目の前の皿に気を取られているふうだったカルロスが話しかけてきた。

「残念ながらまだ行ったことはありません」

「それは本当に残念」

カルロスが肩《かた》を竦《すく》める。

「機会があったらぜひスペインに遊びに来てください。僕が住むバルセロナは歴史的な建築物の宝庫だから、きっといい刺激《しげき》になると思います。……そうしてできれば、あなたに僕の料理を食べてもらいたい」

囁《ささや》いたカルロスから熱っぽい視線を注がれて、尚史は咀嚼《そしやく》中の鱸《すずき》を危うく喉《のど》に詰《つ》まらせかけた。あわててグラスワインで流し込む。

「大丈夫《だいじようぶ》ですか？」

声をかけられ、むせつつも「大丈夫です」と首を横に振《ふ》った。少し落ち着いてから「……あの」と切り出す。

「はい、なんでしょう？」

数秒の逡巡《しゆんじゆん》の末に、尚史はかねてよりの疑問を口にした。

「なぜ、そんなふうに熱心に誘《さそ》ってくださるのですか？　私とあなたはまだ、今日を含めて三回しか会っていないのに」

「回数は関係ありません。でも実は……あなたのことは会う前から気にかかっていました」

「会う前から？」

「とても信頼《しんらい》しているスタッフがいるのだと、ミスター塚原があなたの話をよくしていたから。『俺の個人的な仕事を任せられるのは柏樹建設しかない。だから、今回の仕事も柏樹に頼《たの》むつもりだ』と言われて、彼にそこまで信頼されているのはどんな人物なんだろうと興味を持ったんです」

考えると辛《つら》いので、なるべく頭に浮《う》かべないようにしていた塚原の話題を持ち出され、ドキッとする。

「実際に会ってみたら、頼もしい現場監督《かんとく》という事前の想像と違ってすごく華奢《きゃしゃ》な人で驚《おどろ》きました。凜《りん》と涼《すず》やかで、笑顔がきれいで……」

熱を帯びた言葉の羅列《られつ》に、背中がむずむずとした。

これは……ひょっとしなくても口説かれているんだろうか。とっさに頭に浮かんだ疑問を口にしてしまったが、さっきの質問はやぶ蛇《へび》だったかもしれない。

危機感を覚えた刹那《せつな》、カルロスが今までとニュアンスの違う声を落とした。

「こんなことを言ったら怒《おこ》りますか？」

真剣な口調で伺《うかが》いを立てられ、尚史はつと眉をひそめる。

「カルロス？」

「あなたに恋《こい》をしてしまった」

警戒《けいかい》を強めた矢先の告白に、小さく息を呑《の》んだ。

「…………っ」

不意打ちに動揺《どうよう》する尚史とは裏腹に、カルロスはこちらを揺《ゆ》るぎなく見つめてくる。胃がきゅうっと縮こまり、シクッと痛みが走った。

（しまった）

関係をこじらせないようにと思って食事の誘いを受けたことが、裏目に出てしまったようだ。

しかし、こうなってしまった以上は、はっきりと断るしかない。

尚史は居住まいを正し、まっすぐカルロスの目を見た。気まずい想《おも》いを胸奥にぐっと押し込め、前を見据《みす》えて唇《くちびる》を開く。

「申し訳ありませんが、あなたの気持ちにはお応《こた》えできません」

きっぱりと告げた瞬間《しゅんかん》、カルロスはどこかが痛むように顔をしかめた。

「男は対象外？」

そうだ。男は――同性は対象外だと言えばいい。カルロスだってその一言で納得《なっとく》する。

そう、頭ではわかっているのに……。

真摯《しんし》な告白に対して、どうしても嘘《うそ》はつけなかった。

「…………」

内心で葛藤《かっとう》していると、カルロスの目がじわじわと輝《かがや》く。

「可能性はゼロじゃないってこと？」

尚史は首を左右に振った。

「好きな人がいるんです」

一転、正面の顔が強《こわ》ばる。数秒の沈黙《ちんもく》のあと、喉に絡《から》んだようなかすれ声が尋《たず》ねてきた。

「恋人《こいびと》がいるの？」

「はい」

「そうか……」

カルロスが、がくっと肩を落とす。ふーっと息を吐《は》いてから、寂《さび》しそうな笑みを浮かべた。

「でも、これですっきりしました。ここ数日、あなたに会ってからずっとあなたのことばかり考えてしまって……このままバルセロナに帰っても仕事が手につかないと思ったから。——あ、銀座の店に関しては安心してください。仕事は仕事として、ちゃんと割り切りますから」

「すみません」

「謝らないでください。あなたほどの人がフリーであるはずがないと頭ではわかっていたんですけど」

口許《くちもと》だけの微笑《びしょう》。

「今、幸せなんですね？」

「…………」

とっさに口を薄《うす》く開き、無言のまま力無く閉じる。「はい」とは言えなかった。そんな自分に愕然《がくぜん》とする。

「ナオフミ？」

息を詰めて黙《だま》り込んでいる間に、新しい皿が運ばれてくる。食事が再開されてほっとした。イベリコ豚《ぶた》のローストにナイフを入れながら、尚史は先程《ほど》の自分を分析する。

つい数日前の自分ならば、一瞬《いっしゅん》の迷いもなく「はい」と言えたはずだ。

なのに今、こんなにも不安なのは、塚原の前妻の出現によって、自分たちの関係を支えていたものが揺らいでしまったから……。

蜜月《みつげつ》の延長の今はまだいい。でもさらに半年が経《た》ち……一年が経ち……三年後は？

この先もずっと塚原を繋《つな》ぎ止めておける自信がない。

塚原と自分とは、もともとが相容《あいい》れない。

普通《ふつう》に異性を愛して、子供を成《な》せる塚原と、同性しか愛せない自分。

根本からして人間の種類が違《ちが》うのだ。

塚原は、自分が初めてつきあったノーマルな男だ。今までの恋人は、すべて尚史と同類だった。同じ性癖《せいへき》の持ち主だった。

そう――カルロスのような。

カルロスがこうして口説いてくるのも、自分が無意識に発している「同類」の匂《にお》いを嗅《か》ぎつけてのことじゃないだろうか。自分では隠《かく》しおおせているつもりでも、完全には隠し切れていないのだ。

人として異端《いたん》であることを——。

「ナオフミ?」

訝《いぶか》しげに名前を呼ばれ、尚史はいつの間にか自分の手の動きが止まっていたことに気がついた。ナイフを握《にぎ》る指先がひんやりと冷たい。

「どうしましたか? 顔色が悪いです。僕が変なことを言ってしまったせい?」

「いいえ……いいえ……違います」

誤魔化《ごまか》すためにワインを呷《あお》る。二杯目《はい》が空になった。すかさずサービススタッフが近づいてきて、空のグラスに赤ワインを注ぐ。自制していたはずなのに、呑みすぎてしまったと気がついたのは、肉料理の途中《とちゅう》から。

徐々《じょじょ》に頭が痛くなってきて、そのうち、気分も悪くなってきた。どうやら悪酔《よ》いしてしまったらしい。かろうじて、なんとか肉料理は食べ終えたが、満腹感も手伝ってかなり胃が気持ち悪かった。

「すみません。私はデザートは結構です」

皿を下げに来たサービススタッフに断る。

「ではチーズをお切りしましょうか」

「ありがとう。でもそれも結構です」

「本当に顔色が悪いけれど大丈夫？」

カルロスが心配そうに訊《き》いてきたが、しゃべるのも苦痛なほどに胃がむかむかして、返事ができなかった。こめかみに、じわっと冷や汗《あせ》が滲《にじ》んでくる。

「ご歓談《かんだん》中失礼致《いた》します」

黒服の支配人が声をかけてきた。彼の後ろには、三十歳くらいの白衣の男性が立っている。

「シェフの斉藤《さいとう》がご挨拶《あいさつ》したいと」

「斉藤です。ミスター・デュラン、お会いできて光栄です」

「こちらこそ！　今日はとても楽しませていただきました」

気鋭《きえい》のシェフふたりが握手《あくしゅ》を交《か》わす。

ふたりが歓談し始めたのを機に、尚史は席を立った。もはや限界だった。

「ちょっと失礼します」

それだけを言って足早にレストルームへ向かう。ドアを開け、個室に入ってひとりになったとたん、猛烈《もうれつ》な吐き気《け》が込み上げてきた。床《ゆか》に跪《ひざまず》き、便器に向かって激しく嘔吐《おうと》する。

「うっ……ぐっ……うぅっ」

数度に亘《わた》り、胃の中のものをすべてリバースして、漸《よう》く吐き気が収まった。

「はぁ……はぁ……」

　ここ数日まともに食べていなかったのに、いきなり濃厚《のうこう》なフレンチとアルコールを入れたから、胃がびっくりしたのかもしれない。このところの不安定な精神状態のせいもあるのかもしれないが。

「……せっかくの料理を……勿体《もったい》ない」

　吐いて、胃のむかつきは楽になったが、割れるような頭痛はいっこうに改善しなかった。便器に座って眼鏡《めがね》を取り、目許《めもと》の涙《なみだ》を拭《ぬぐ》ってからひとりごちる。

「行かないと……カルロスが心配する……」

　まだ頭はズキズキと痛んだが、洗面所で口を漱《ゆす》ぎ、ハンカチで顔の水気を拭った。上目遣《うわめづか》いに見上げた鏡の中の顔は、青を通り越《こ》して白い。

(酷《ひど》い顔だ)

　レストルームを出て席に戻《もど》ると、もうシェフはいなかった。カルロスが気遣わしげな面持《おもも》ちで声をかけてくる。

「大丈夫《だいじょうぶ》ですか?」

「すみません……少し酔ってしまったみたいです」

「どうしましょうか。少し休んでいきますか?」

「いいえ……もう帰ります」

とにかく一刻も早く家のベッドで横になりたかった。

せっかくの食事がこんな形の終わりを迎《むか》えるのはカルロスに申し訳なかったけれど。

カルロスが会計を済ませ、支配人とシェフに見送られて店の外に出る。冷たい外気に触《ふ》れると、いよいよ頭痛が酷くなった。脚《あし》にも力が入らない。人目があった時はまだなんとか気力が持ったが、ふたりで歩き出してすぐに足許《あしもと》がふらついた。よろめく尚史をカルロスが脇《わき》から支えてくれる。

「すみませ……」

「タクシーで送っていきます」

「大…丈夫…です……ひとりで帰れ…」

「全然大丈夫じゃありませんよ」

怒《おこ》ったような口調に遮《さえぎ》られる。カルロスが硬い声で「ちょっとここで待っていてください。動かないで」と言い置き、足早に立ち去った。支えを失った尚史は、その場にずるずるとしゃがみ込む。

地面がグラグラと揺《ゆ》れている気がした。

ここまでダメージの大きい酔い方をしたのは、生まれて初めてかもしれない。酒はそこそこ強い自負があったのに……。

「くそ……なんでこんなに……」

やがてタクシーが目の前に停《と》まる。後部座席からカルロスが急いで降りてきて、腕《うで》を取られた。抱《だ》きかかえられるようにしてリアシートに乗せられる。

暖房《だんぼう》のきいた車内で、尚史はシートにぐったりもたれかかり、目を閉じた。

もう、何も考えられない……。

「【カーサホテル東京】へ。すみませんが急いでください」

隣《とな》りのカルロスが運転手に何かを言っていたが、意味がわからなかった。そのまま目を閉じ、奥歯を噛《か》み締《し》めて頭の痛みに堪《た》えていると、カルロスの手が肩《かた》に回ってくる。

「僕に寄りかかってください。楽にして……」

ネクタイを緩《ゆる》められ、シャツのボタンを外されて、熱い息を吐《は》く。

「…………」

目を瞑《つぶ》ってタクシーの震動《しんどう》に身を任せているうちに、だんだんと意識が遠ざかっていった。


額のひんやりとした感触《かんしょく》で薄目《うすめ》を開ける。視界に見知らぬ天井《てんじょう》が映り込んできた。

「…………」

どこだ……ここは？

（ベッドの上？）

ベッドに寝《ね》かされ、ブランケットを掛《か》けられていることはわかった。それはわかったけれど、ここはどこだろう。少なくとも、自分の部屋の自分のベッドじゃないことは確かだ。

まだうっすら霞《かすみ》のかかった思考をぼんやりと巡《めぐ》らせていて、最後の記《き》憶《おく》がタクシーで途《と》切《ぎ》れていることに気がつく。

あのあと——意識のない自分をカルロスがここまで運んで、寝かせてくれたのだろうか？

無意識に額にやった手が、濡《ぬ》れたタオルに触れた。タオルを手に、のろのろと起き上がる。

だが途中でズキッと頭に痛みが走った。しばらくじっとしていると、徐々に痛みが引いていく。

半身を起こしてから、自分の格好を確認した。スーツのジャケットを脱《ぬ》がされ、シャツの前立ては第二ボタンまで外され、ネクタイも取られている。眼鏡と腕《うで》時《ど》計《けい》も外されて、畳《たた》んだネクタイと一緒《いっしょ》にサイドテーブルに置かれていた。

サイドテーブルに手を伸《の》ばし、眼鏡をかけて腕時計を嵌《は》める。ネクタイをシャツの胸ポケットに押し込んでから、ジャケットの在《あ》り処《か》を探して寝室《しんしつ》らしき部屋を見回した時、ガチャッとドアが開いた。

「起きた？」

隙間から顔を覗《のぞ》かせたカルロスが、部屋の中に入ってくる。ベッドまで歩み寄ってきて、尚史の顔を覗き込んだ。

「ああ……だいぶ顔色が戻ったね。よかった。医者を呼ぼうかどうか迷ったんだけど」

「すみません……ご心配をおかけしてしまって……」

「気分はどう？」

「だいぶ落ち着きました」

ひと眠《ねむ》りしたせいか、頭痛はかなり治まっていた。頭の芯《しん》がグラグラする感覚も消えている。

「あの……ここは？」

「僕の滞在《たいざい》しているホテルです。あ、ちょっと待っていて」

言い置いて、踵《きびす》を返したカルロスがドアの向こうに消える。

部屋はスイートルームで、主室と寝室に分かれているようだ。ふたたびひとりになった尚史はベッドサイドの時計を見た。十一時四十分。レストランを出たのがたしか十時過ぎだったから、一時間ちょっと眠ったのか。

ここまで運んでもらったこともそうだが、自分がベッドを占領《せんりょう》してしまっていたので、カルロスは休みたくとも休めなかったに違《ちが》いない。

本当に大変な失態だ。クライアントに大迷惑《めいわく》をかけてしまった。

暗い気分でベッドの下に揃《そろ》えてあった靴《くつ》に足を入れる。靴ひもを結んでいると、カルロスが水の入ったグラスを手に戻ってきた。

「もう起きて大丈夫なの？」

「はい、大丈夫です。すみません、ベッドを使わせていただいてしまって」

「もう少し休んでいていいのに」

眉《まゆ》をひそめてつぶやいたカルロスが、グラスを差し出してきた。

「水分を補給したほうがいい」

「ありがとうございます」

冷えた水を喉《のど》に流し込んだことで、だいぶ頭がはっきりとする。グラスの水をすべて飲み干した尚史は、改めてカルロスに頭を下げた。

「いろいろとご迷惑をおかけして……すみません」

「………」

「せっかく食事に誘《さそ》っていただいたのにこんな体《てい》たらくで……本当に申し訳ないです」

「………」

リアクションがないことを訝《いぶか》しみ、顔を上げた瞬間《しゅんかん》に、自分をまっすぐ見下ろすカルロスと視線がかち合う。心なしか熱を孕《はら》んだ眼差《まなざ》しに晒《さら》されながら、ふと、自分と彼がホテルの寝室にふたりきりでいるというシチュエーションに思い当たり、尚史は小さく肩を揺らした。

「いいよ……寝顔《ねがお》を見られたから」

いつしか敬語からくだけた口調に変わっていたことにも、いまさら気がつく。いつの間にか近づいていた距離《きょり》に気まずいものを覚え、尚史は微妙《びみょう》に目を逸《そ》らした。

「眼鏡……かけちゃったんだね」

「え？」

「コンタクトにしないの？　きれいな貌《かお》を隠《かく》しちゃうの、なんだか少し勿体《もったい》ない」

なんとリアクションをしていいのか困り、本当は「伊達《だて》」なのだとも言えず、黙《だま》り込む。するとカルロスが小さくため息を吐いた。

「ごめん……告白して潔《いさぎよ》く振《ふ》られたはずなのに……未練がましいよな」

自嘲《じちょう》の笑《え》みを浮《う》かべたカルロスが、「でも」とつぶやく。

「なんだか今夜のあなたを見ていたら、諦《あきら》めきれない気分になって」

「カルロス？」

「食事の間中、ずっと心ここにあらずな感じだった。恋人《こいびと》と何かあったの？」

「………っ」

ドキッと鼓動《こどう》が跳《は》ねた。

(鋭《するど》い……。見ていないようで見ている)

内心の動揺《どうよう》を抑《おさ》え込む尚史をカルロスが強い瞳《ひとみ》で射《い》すくめてくる。

「あなたの恋人は、大切な恋人にそんなに悲しそうな顔をさせるの？」

「…………」

そうじゃない。自分が勝手に自信を喪失《そうしつ》して、ひとりで不安になっているだけで、塚原は何も知らない。こんなに心許《こころもと》ないのは、塚原のせいじゃない。

だけど、そんなことをカルロスに説明しても仕方がない。そう思って答えずにいると、カルロスの手が伸びてきて、肩を摑《つか》まれた。

「もしそうなら、俺はあなたのこと、諦められない」

一語一語を区切って、熱を帯びた声が告げる。

近づいてくるカルロスの顔に焦燥《しょうそう》を覚え、身を捩《よじ》ろうとしたが、思っていた以上に拘束《こうそく》の力が強く、果たせなかった。

「カルロ……ん……っ」

逃《に》げる唇《くちびる》を強引《ごういん》に奪《うば》われる。

「ん、むぅんっ」

覆《おお》い被《かぶ》さってきた唇から逃《のが》れようと必死で抗《あらが》い、尚史はカルロスの上半身を渾身《こんしん》の力で押し返した。

「やめっ……」

だがカルロスの体はびくともしない。揉《も》み合っているうちに、もつれるようにしてベッドに倒《たお》れ込んでしまった。背中がベッドリネンに沈《しず》むと同時に両手首を摑まれ、頭の上で縫《ぬ》い止められる。

「ナオフミ……好きだ」

吐息《といき》混じりの囁《ささや》きを落とした男が、今度は首筋に吸い付いてきた。肌《はだ》を這《は》う濡れた唇の感触に眉をひそめ、「カルロスッ」と大きな声を出す。

「放せっ……手を放すんだ！」

「好きだ……好きだ」

しかしカルロスは、譫言《うわごと》のように「好きだ」を繰《く》り返すばかりだった。

(駄目《だめ》だ。完全に頭に血が上っている)

説得を諦めた尚史は、隙《すき》を見てカルロスの腹を膝《ひざ》で蹴《け》り上げた。

「うっ……」

息を詰《つ》める気配がして、カルロスの拘束が緩《ゆる》む。その一瞬《いっしゅん》の間に身を返した尚史は、カルロスの下から素早《すばや》く逃げ出した。

そのままベッドから起き上がり、腹を押さえて顔をしかめる男から距離を取る。手を伸ばしても届かない場所まで逃れ、不埒《ふらち》な男を厳しく睨《にら》みつけた。

「謝りませんよ。今のはあなたが悪い」

低音でぴしゃりと言い放つと、カルロスが気まずそうな表情を浮かべ、じわじわと項垂《うなだ》れる。

「……ごめん」

やがて素直《すなお》な謝罪の言葉が落ちた。どうやら今の一撃《いちげき》で頭の血が下がったようだ。

元来育ちが良くてやさしい男だ。こうまではっきり拒絶《きょぜつ》すれば、さすがにこれ以上の無体は働かないだろう。

ほっと肩《かた》の力を抜《ぬ》いた尚史は「帰ります」と告げた。カルロスが黙ってうなずく。微妙に強《こわ》ばった顔つきのまま、クローゼットに歩み寄り、ジャケットとコートを持ってきてくれた。

「ありがとうございます」

受け取って両方を羽織る。戸口に向かって歩き出した尚史のあとを、カルロスがついてきた。

ドアの前で足を止め、振り返った尚史は、背後の男に頭を下げる。

「……今日はご馳走《ちそう》様でした。タクシーで運んでくださってありがとうございました」

結果的に気まずいことにはなってしまったが、礼はきちんと言っておきたかった。

「遅《おそ》くまでお邪魔《じゃま》しました。お休みなさい」

挨拶《あいさつ》ののちに身を翻《ひるがえ》しかけて、「ナオフミ」と名前を呼ばれる。

「はい」

尚史はもう一度、背後の男に向き直った。カルロスはまだ俯《うつむ》いていた。

「さっきは本当にごめん……無理矢理《むりやり》に奪ってもなんの意味もないのに……どうかしていた」

項垂れていたカルロスが、そこで顔を上げる。

「でも……俺、本気だから。一時の気の迷いとかじゃない。あなたが好きだ」

まっすぐで真摯《しんし》な——心からの想《おも》いだと伝わってくる声。

（もし……もし彼が相手なら）

自分の特殊《とくしゅ》な性癖《せいへき》に負い目を持つこともない。

同じ嗜好《しこう》を持つ者同士のほうがきっと気楽だ。

少なくとも、相手の過去の結婚《けっこん》生活に嫉妬《しっと》したり、前妻と縒《よ》りを戻《もど》すのじゃないかなどと、先を思って闇雲《やみくも》な不安に駆《か》られることはない。

そんなことを考える自分に激しい嫌悪《けんお》を覚え、尚史は奥歯を嚙《か》み締《し》めた。

「ナオフミ」

「すみません。お気持ちは有り難《がた》いですが、どうしても応《こた》えることはできません」

「………」

「――失礼します」

一礼して踵《きびす》を返す。部屋の外に出た尚史は、人気のない廊下《ろうか》に深い嘆息《たんそく》を落とした。

(最低だ……)

4

　カルロスの部屋のあった八階から一階までエレベーターで降り、人影《ひとかげ》もまばらな深夜のエントランスロビーを歩き出した尚史は、ほどなくこのホテルが【カーサホテル東京】であることに気がついた。一年ほど前に、知人の結婚式で訪《おとず》れたことがある。今尚史がいる建物は新館だが、本館は七十年近い歴史を持つアール・デコ様式の建物のはずだ。あそこは一見の価値があると、以前に塚原との会話の中でも話題に出たことがあった。

　一年前に訪れた時より、全体的に雰囲気《ふんいき》が洗練されたような気がするが。

　そういえば、先日インターネットでロッセリーニ・グループについて調べた時、昨年夏からこのホテルがロッセリーニの傘下《さんか》にあることを知った。その関係で、カルロスもこのホテルに滞在《たいざい》しているのだろう。

「お客様」

　正面玄関《げんかん》に向かっていた尚史は、背後からの呼びかけに足を止めた。振り返ると、ダークスーツに身を包んだ細身の男性が立っている。

　決して派手な造作ではないが、非常に整った品のいい顔立ちをしている。背筋がぴんと伸びて立ち姿も美しい彼の、胸元《むなもと》のネームプレートに視線を走らせた尚史は、『GENERAL

MANAGER 成宮《なるみや》』という肩書《かたが》きに瞠目《どうもく》した。

こんなに若いのに総支配人？

自分とそんなに年齢《ねんれい》が変わらないのではないだろうか。

「突然《とつぜん》お声をかけてしまいまして申し訳ございません。もうお体の具合のほうは大丈夫《だいじょうぶ》でしょうか？」

「え？」

「二時間ほど前にカルロス・デュラン様とご一緒《いっしょ》にお戻りになった際、ご気分が優《すぐ》れない様子でしたので」

心配そうな面持《おもも》ちで告げられ、ああ、と気がつく。おそらく、悪酔《わるよ》いしていた姿を見られてしまったのに違《ちが》いない。

「すみません。もう大丈夫です。少し横になって回復しました。ひょっとして、意識のない私を部屋まで連れていくのを手伝ってくださったんですか？」

「あ、いいえ、それは私より力のあるスタッフが……」

「そうでしたか。その方にもお礼を申し上げておいてください。ご面倒《めんどう》をおかけしてすみませんでした。でもおかげさまで、今はもうこのとおりです」

「回復なされたようで何よりです」

少しほっとしたように彼が微笑《ほほえ》んだ。もしかしたら、その後の経過を気にして待機していてくれたのかもしれない。その可能性に思い至り、申し訳ない気分になった。

「ご心配をおかけしました」

「いいえ、大事に至らず、よろしかったです。タクシーを手配致《いた》しましょうか?」

「ありがとうございます。では一台お願いします」

支配人自らがドアマンに歩み寄り、何事かを耳に囁く。ドアマンがさらに合図をして、客待ちをしていたタクシーを玄関前に呼び寄せた。

支配人に見守られながら、一礼した尚史はタクシーに乗り込んだ。

「お気をつけてお帰りくださいませ。お休みなさい」

「失礼します。お休みなさい」

ドアマンと支配人が見送る中、タクシーが走り出す。

「元麻布の一丁目までお願いします」

運転手に告げて、尚史はシートにもたれかかった。窓の外の夜景に目をやり、流れるネオンをぼんやり眺《なが》める。張り詰めていた気持ちがひとりになったことで緩み、それと同時にどっと疲労《ひろう》の波が押し寄せてくる。

昨日、今日と、立て続けにいろいろなことがあった。

前妻と鉢合《はちあ》わせしてしまった件は、間が悪かったとしかいいようがないが。

――謝りませんよ。今のはあなたが悪い。

さっきはカルロスにああ言ったけれど、ああいった状況《じょうきょう》を作ってしまったのは自分が悪かった。カルロスの好意を知っていたのに、不可抗力《こうりょく》とはいえ、ホテルの部屋でふたりきりになってしまったのがいけなかった。そもそも、やはり食事の誘《さそ》いを受けてしまったことが間違《まちが》っていたのだ。

——でも……俺、本気だから。一時の気の迷いとかじゃない。あなたが好きだ。

まっすぐな眼差《まなざ》しを思い出し、やるせない気分になる。

結局、カルロスとも気まずくなってしまった。おそらく彼は、プライベートとビジネスを混同することはないと思うけれど。

塚原が日本にいない時に限って、どうしてこうもアクシデントが重なるのか。

塚原が東京に戻って来るのは明日の夜。いつもなら一刻も早く顔を見たくてそわそわするところだが、今回ばかりは、胸の中にあるのはうれしい気持ちだけではない。一筋縄《ひとすじなわ》ではいかない複雑な心境だった。

前妻に会ったこと、さらにカルロスの件を話さなければならないと思うと気が重い。

どうやって説明しようかとあれこれ思いあぐねているうちに、元麻布の塚原の家に到着《とうちゃく》する。料金を支払《しはら》い、尚史はタクシーから降りた。

オーギュはまだ起きているだろうか。夕方に餌《えさ》と散歩は済ませてあったが、今夜も尚史はオーギュのために塚原の家に泊《と》まるつもりだった。

外門をカードキーで解錠《かいじょう》し、玄関までの石畳《いしだたみ》のアプローチを歩きながら異変に気がつく。

(――ん?)

夕方閉めたカーテンの隙間《すきま》から明かりが漏《も》れていた。常時つけっぱなしになっているオレンジ色の間接照明よりも明るくて強い光だ。

(誰《だれ》か……いる?)

ドクンと心臓が鼓動《こどう》を打った。

また前妻!?

そう思った瞬間《しゅんかん》、足が竦《すく》んで動かなくなる。息を呑《の》み、硬直《こうちょく》して立ち竦んでいると、玄関のドアの向こうからオーギュの「ワンッ」という鳴き声が聞こえてきた。自分の気配を察して玄関まで迎《むか》えに出てきたらしい。

どうしよう。今ならまだ間に合う。引き返すなら今だ。

心中で葛藤《かっとう》している間に「オーギュ、どうした?」という男の声が聞こえた。

「外に誰かいるのか?」

(……え?)

一瞬《いっしゅん》耳を疑う。まさか。でも。

塚原さん!?

びっくりして両目を瞠《みは》る尚史の視線の先でドアが開く。逆光に大きな影《かげ》が浮《う》かび上がった。

脳裏《のうり》にくっきりと焼き付いている肩幅《かたはば》の広いシルエットの主は――。

「尚史？」

深い低音が自分の名を呼ぶ。

紛《まぎ》れもなく、三日ぶりに見る恋人《こいびと》――塚原だった。


「予定より早く仕事が終わったんで、急遽《きゅうきょ》フライトを変更《へんこう》して戻《もど》ってきた」

部屋の中に尚史を導き入れた塚原が、そう説明する。すでに私服に着替《きが》えている塚原の足許《あしもと》からは、数日ぶりの主人にじゃれつくオーギュが離《はな》れようとしなかった。そのオーギュを従え、塚原がリビングへと移動する。リビングには、まだ荷が解かれていないスーツケースが置かれていた。

「いつ……着かれたんですか？」

「ここに戻ってきたのはほんの十五分前だ。成田に着いてからおまえの携帯《けいたい》に連絡《れんらく》を入れたんだが、通じなかった。留守録にメッセージを入れたおいたんだが聞いていないか？」

尋《たず》ねられて気がついた。おそらく、連絡があったのは自分が眠《ねむ》っている間だろう。目が覚めたあともカルロスと一悶着《ひともんちゃく》あって、携帯をチェックするどころじゃなかった。

「すみません、まだ……」

さほど気を悪くした素振《そぶ》りもなく、塚原が「そうか」とうなずく。

ちらりと横目で浅黒い貌《かお》を窺《うかが》うと、三日ぶりの塚原は、若干《じゃっかん》その顔に旅の疲《つか》れを宿している
ものの、全体的には元気そうだった。怪我《けが》や病気もなく無事に帰って来てくれてうれしい。

（だけど）

心に引っかかっているものが大き過ぎて、一日早い帰国を手放しで喜ぶ気持ちにはなれない。

今はまだ、甘い喜びよりも戸惑《とまど》いのほうが勝っていて……。

「オーギュの世話をしてくれて助かった。おかげであまりストレスもないようだ。ありがと
う」

塚原が機嫌《きげん》のいい声で、感謝の言葉を口にする。

「……あ、はい」

「留守中、何か変わったことはなかったか？」

尚史がまとめておいた郵便物をチェックしながら、塚原に問いかけられ、ギクッとした。

変わったことは多々あるが、まだ考えがまとまっていない。何からどう説明すればいいのか、
わからなかった。

混乱した頭を整理するために眉《まゆ》をひそめて立ち尽《つ》くしていると、塚原が顔を上げる。コート
も脱《ぬ》がずに突《つ》っ立っている尚史を訝《いぶか》しげに見た。

「どうした？」

「………」

探《さぐ》るような眼差しから、思わず顔を背《そむ》ける。

（馬鹿《ばか》、不自然だろ？）

腹の中で自分を叱咤《しった》し、誤魔化《ごまか》すために眼鏡《めがね》のブリッジを中指で持ち上げたが、効果のほどは怪《あや》しかった。郵便物から手を離した塚原が、こちらに近づいてきて、尚史の前に立つ。頭上からじっと見下ろされ、いよいよ気まずいものが込み上げてきた。

「尚史」

「……はい」

「俺を見ろ」

命令に、渋々《しぶしぶ》と視線を上げる。目と目が合った刹那《せつな》、顎《あご》に手がかかった。くいっと持ち上げられる。褐色《かつしよく》の瞳《ひとみ》に至近から見つめられて、じわっと体温が上がった。

「何かあったのか？」

視線と視線を合わせた状態で問われた尚史は、心の中で逡巡《しゅんじゅん》した。

前妻とのことを言ってもいいのだろうか。

訊《き》いてもいいのだろうか。

なぜ、別れたはずの彼女がこの家に出入りしているのかを。

でも、その結果の答えが自分の知りたくなかったものだとしたら？

それによって塚原を失うことになってしまったら？

（それは……怖《こわ》い）

体の芯《しん》が凍《こご》えるほどの恐怖《きようふ》に、体が小さく震《ふる》えた。

訊かなければ、このままでいられる。見て見ぬ振《ふ》りをして、しばらくは過ごしていける。

自分はこんなにも臆病《おくびよう》だっただろうか。

初めて知るような己《おのれ》の弱さに愕然《がくぜん》としていると、塚原が肩《かた》に手をかけてきた。

「尚史、答えろ」

「…………」

奥歯を嚙《か》み締《し》め、首を横に振った瞬間、塚原がつと眉根《まゆね》を寄せた。目を細め、シャツのボタンをふたつ外した尚史の首許に視線を寄せてくる。直後、塚原の形相がみるみる変わった。

「これはなんだ？」

「……え？」

「この首筋の痕《あと》はなんだと訊いている！」

苛立《いらだ》ったような声で問われても、意味がわからなかった。

「何？　わからな…」

ちっと舌を打った塚原が、尚史の二の腕《うで》を摑《つか》み、「来い！」と引っ張った。

「なっ、何するんですか！　い、痛いですっ」

抗議《こうぎ》の声は無視され、問答無用の強さでぐいぐいと引っ立てられて、寝室《しんしつ》に引き込まれる。姿見の前に乱暴に押し出された。

「見ろ！」

後ろに立った塚原が、尚史のシャツの襟元《えりもと》をバッと開く。

「……………っ」

鏡に映った自分、その右の首筋に、くっきりと赤い印がついている。尚史はゆるゆると目を見開いた。

なんだ？　この赤い痕……。

記憶《きおく》を探っていて、ホテルでのもみ合いが脳裏に浮かぶ。

「あ……っ」

（あの時の？）

カルロスがつけた痕——キスマークだ。反射的に手で隠《かく》したが、もちろん遅《おそ》い。首筋がちりっと灼《や》けて、喉《のど》がこくっと鳴った。

怖々《こわごわ》と視線を上げた先、鏡の中の塚原の眦《まなじり》は吊《つ》り上がり、口許《くちもと》は憮然《ぶぜん》と引き結ばれている。その全身から立ち上る怒《いか》りのオーラに圧倒《あっとう》されていると、やがて低い声が落ちた。

「あいつか？……カルロスか？」

「違《ちが》……」

否定しかけて、途中《とちゅう》で声が途切《とぎ》れた。嘘《うそ》はつけない。それに、塚原に生半可な誤魔化しは通用しないとわかっていた。

「カルロスなんだな？」

射貫《いぬ》くような視線を据《す》えたまま、感情を押し殺したような低音で塚原が答えを迫《せま》る。干上《ひあ》がった喉を開き、尚史はかすれた声で認めた。

「そう……です」

刹那、塚原の両目が物騒《ぶっそう》な光を放つ。

「いけしゃあしゃあと浮気《うわき》を認めるのか？」

あわてて首を左右に振った。

「違います！　そんなんじゃありません！」

「どこが違うんだ」

「だから浮気なんかじゃありません！」

「まだしらを切る気か？　この痕が立派な証拠《しょうこ》だろう！」

怒鳴《どな》りつけるなり、塚原が尚史の体を反転させ、胸倉《むなぐら》を掴み上げてきた。

「話を聞いてください！　説明を……っ」

「言い訳など聞きたくない！」

声を荒《あら》らげた塚原が、憤怒《ふんぬ》を叩《たた》きつけるようにガッッと壁《かべ》を拳《こぶし》で殴《なぐ》る。尚史はびくっと身を震わせた。

こんな塚原は初めて見る。

いつも不敵なほどに何事にも動じず、鷹揚《おうよう》で、大人なはずの男が——。

「くそっ……たった数日離《はな》れていただけでこの仕打ちか」

突如《とつじょ》、突き放すみたいに手を離された。反動で数歩後ろにたたらを踏《ふ》む。

「どっちが誘《さそ》ったんだ？　カルロスに口説かれて、俺がいないのをこれ幸いと、尻軽女《しりがる》よろしくほいほいと寝《ね》たのか!?」

罵声《ばせい》を浴びせかけられ、カッと頭に血が上った。こっちの話を聞かずに勝手に誤解して詰《なじ》ってくる男に腹が立ち、気がつくと尚史は尖《とが》った声を放っていた。

「あなただって、まだ奥さんと切れていないじゃないですか！」

「どういう意味だ？」

しらばっくれる男を睨《にら》みつける。

「……一昨日、この家で奥様に会いました」

「……律子《りつこ》に会ったのか？」

塚原が前妻の名前を口にするのを聞いて、胸がズキッと痛んだ。ぎゅっと奥歯を嚙み締める。

「奥様は、私を不審《ふしん》な侵入者《しんにゅう》と思われたらしく……説明したのですが信じてはいただけず、今日はもう帰って欲しいと言われました」

　塚原の眉根がじわりと寄った。

「名刺《めいし》をお渡《わた》ししてあったので、翌日会社に電話があり、身許が確認できたので今度はオーギュの面倒《めんどう》を見るように、と」

　説明しているうちに、使用人のように扱《あつか》われた、惨《みじ》めでやるせない気持ちがふつふつと蘇《よみがえ》ってくる。思い出すだけで、胸の中がザラザラとした砂でいっぱいになるようだ。

　しかし、塚原は険しい表情を微塵《みじん》も緩《ゆる》めず、冷ややかな声を落とした。

「それで？」

「それで……って」

「それで腹いせに浮気したのか？」

「腹いせ!?」

　あんまりな言葉に声が裏返る。

　自分が彼女の存在にどれだけ傷ついて、あれこれと想像し、思い悩《なや》んだか。

（酷《ひど》い！）

　何も知らないくせに！

　怒りの感情で胸が埋《う》め尽《つ》くされ、頭が真っ白になった。

「もういいです！」

尚史は叫《さけ》んだ。一度堰《せき》を切ってしまうと、もはや溢《あふ》れ出す激情を止める術《すべ》はなかった。ここ数日、胸の中にもやもやと渦巻《うずま》いていた黒い感情が一気に爆発《ばくはつ》する。

「浮気じゃないって言ってもどうせ信じてくれないいんでしょう？　私のことをすぐ他《ほか》の男と寝るような尻軽だと思っているんですよね。じゃあ、もうそれでいいです！」

矢継《やつ》ぎ早《ばや》に鬱憤《うっぷん》を吐《は》き出し、尚史はくるっと身を返した。

「尚史？」

戸口に向かって突進《とっしん》する。

「おい、待て！」

肩にかかった塚原の手をぱしっと振り払《はら》った。

「触《さわ》らないでください！」

塚原が両目を瞠《みは》る。虚《きょ》を衝《つ》かれたその表情を横目で睨みつけ、尚史は言い放った。

「さようなら！」

投げつけるやいなや、寝室から飛び出し、バンッとドアを閉める。そのまままっすぐ玄関《げんかん》まで走り、靴《くつ》に足を突《つ》っ込んだ。玄関のドアを開けて外へ飛び出す。

もう一秒だって、この家にはいたくない。前妻が出入りしている家になんか！

「ワウッ」

オーギュの鳴き声が背後で聞こえたが、一度も振《ふ》り返らず、尚史は外門までのアプローチを一気に駆《か》け抜けた。

ひんやりと冷たい自室に戻《もど》っても、沸騰《ふっとう》した頭はなかなか元に戻らなかった。コートを床《ゆか》に脱《ぬ》ぎ捨て、次に眼鏡《めがね》を抜き取ってローテーブルに投げる。電気も点《つ》けずに、尚史はソファにどさっと沈《しず》み込んだ。

「なんて日だ……」

頭を抱《かか》え込んで呻《うめ》く。

厄日《やくび》でも、こうまでは最悪の状況《じょうきょう》は重ならないだろう。カルロスとの食事で悪酔《わるよ》いし、ホテルでカルロスに迫られ、塚原の帰国を喜ぶ間もなく誤解がもとで詰られ……。

——どっちが誘ったんだ？　カルロスに口説かれて、俺がいないのをこれ幸いと、尻軽女よろしくほいほいと寝たのか⁉

本当に酷い……。自分のことをそんなふうに思っていたのだ。

たしかに以前に一度、塚原には前の恋人《こいびと》との愁嘆場《しゅうたんば》を見られている。だからといって、簡単に浮気するような人間だと思うなんて。

——じゃあ、もうそれでいいです！

——触らないでください！

——さようなら！

感情的になって、つい、投げつけてしまった言葉。最後の塚原の驚愕《きょうがく》に目を見開いた表情が眼裏《まなうら》に焼きついて……離れない。

だけど……前妻との仲を疑ってしまったのは自分も同じだ。彼女の姿を見た瞬間《しゅんかん》に、足許《あしもと》の地面がひび割れるような心許《こころもと》なさを覚えた。それまでは「確かにある」と信じていたものを、一瞬《いっしゅん》で見失ってしまった。

結局、前妻について、塚原はなんの言い訳もしなかった。

つまり、それはまだ続いていることを認めたということなのか？

辿《たど》り着いた結論に、胃が捻《ねじ》れたように痛くなる。

「くそっ」

吐き捨て、尚史は胃のあたりを両手で押さえて身を折った。奥歯をぐっと食いしめる。

所詮《しょせん》……無理だったのだろうか。

本来の嗜好《しこう》が違《ちが》う自分たちが恋人としてつきあうのは。

（無理、だったのか）

これを機に別れたほうがいいのかもしれない。

これ以上深みにはまる前に、関係を解消したほうがいいのかもしれない。

そのほうがお互《たが》いのためなのかも……。

マイナスのベクトルに、際限なく落ちてゆく思考に歯止めをかける手だてもなく、その夜はベッドに入っても一睡《いっすい》もできずに朝を迎《むか》えた。

翌朝、尚史はどんよりと淀《よど》んだ頭を抱え、気怠《けだる》い体を引きずって出勤した。

体調不良のまま、仕事にも身が入らずに日が暮れる。あれきり塚原からの連絡《れんらく》もなかった。

向こうも怒《おこ》っているのだろう。

(そりゃそうか。カルロスと寝たと思っているんだもんな)

血《ち》の巡《めぐ》りの悪い頭でぼんやりと考える。

よく考えてみたら、その件について、きちんと釈明《しゃくめい》もせずに帰ってきてしまった。

どうしようか。

あの件についてだけでも、今からでも説明するべきだろうか。

けど、そんな言い訳など聞きたくないと拒否《きょひ》されたら?

その可能性を思うとなかなか勇気が出ない。

「ふぅ……」

夜のオフィスでひとり、デスクの上の携帯《けいたい》をじっと睨んで、そろそろ一時間が過ぎる。

他の社員はとうに帰宅していた。どうせ仕事には手がつかないのだから、さっさと帰ればいいと思うのだが、暗くて冷たい部屋に戻る気になれず――かといって夜の街で憂《う》さを晴らす気分にもなれなかった。

塚原に電話をする踏《ふ》ん切《ぎ》りもつかないままに時間ばかりが過ぎていく。

「十一時半か……」

携帯を掴《つか》み、液晶《えきしよう》のデジタル表示を見て、嘆息《たんそく》混じりにつぶやいた時だった。手の中の携帯が出し抜《ぬ》けにブブッ、ブブッと震《ふる》え出し、危うく取り落としかける。

液晶画面に『塚原』という文字を見て、ドキッと心臓が跳《は》ねた。

(塚原さん!?)

震える手でフリップを開き、耳に当てる。

「はい……柏樹です」

鼓動《こどう》が煩《うるさ》いくらいに脈打っていた。心なしか声も上擦《うわず》っている気がする。

『話がある。これからうちの事務所に来てくれ』

こちらの都合も聞かずにそれだけを言って、恣意的《しいてき》な通話が切れた。

短く、強引《ごういん》な一方通告に、肩《かた》すかしを食《く》らった気分でやや呆然《ぼうぜん》とする。

「話って……」

もしかして別れ話?

昨日の今日でどんな顔で塚原に会えばいいのか。

西麻布までのタクシーの中で、尚史は始終落ち着かなかった。膝《ひざ》の上で組んだ冷たい手を何度も組み直す。

別れ話かもしれないと思えばシクシクと胃が痛み出す。チュアブルの胃薬を舐《な》めて、なんとか痛みを凌《しの》いだ。

事務所に到着《とうちゃく》してからもなかなか覚悟《かくご》が決まらず、ドアの前でたっぷり三分間ほど逡巡《しゅんじゅん》したのちに、漸《ようや》くのろのろと手を上げてブザーを押す。

塚原の話がどんな内容であれ、とにかく、カルロスの件はきちんと説明しなければ。

混乱した頭を整理していると、数十秒後、思いがけなく塚原本人がドアを開けた。

「あっ……」

不意打ちに思わず声が出る。

だが塚原は尚史の顔を見ても表情を変えず、ただ一言「入れ」と言うなり背中を向けた。素《そ》っ気《け》ない態度に胸がつきっと痛む。

（やっぱり怒ってる）

「……お邪魔《じゃま》します」

しかしいまさら引き返すわけにもいかず、取り付く島もない背中を追って、廊下《ろうか》を歩いた。

事務所の中はシンと静まり返っており、人気がない。どうやらスタッフは全員帰宅したあとらしい。だからさっき塚原がドアを開けたのだろう。

塚原のあとについて、彼のパーソナルスペースであるパーティションの中に入ると、後ろ姿の先客がいた。キャメル色のコート姿の男が、背後の気配に椅子《いす》から立ち上がり、振り返る。

その顔を認めた刹那《せつな》、尚史の口からは大きな声が飛び出た。

「カルロス!?」

緊張《きんちょう》した顔つきの若きシェフが、軽く頭を下げる。

「なぜここに?」

「俺が呼んだ」

塚原が答え、尚史は塚原とカルロスの顔を交互《こうご》に見た。

「塚原さんがあなたを?」

カルロスが、わずかに強《こわ》ばった表情でこくりとうなずく。

「昨日の夜遅《おそ》く、ミスターから電話があったんです。『柏樹と何があった?』ってすごく怖《こわ》い声で問い質《ただ》されて……」

ということは、あのあとで塚原はカルロスに電話をしたのか。

ごくっと唾《つば》を飲み込んでから、尚史は続きを促《うなが》した。

「そ、それで?」

「全部話しました。食事の件とホテルの件――俺があなたに告白して振《ふ》られたことを」

それでは、塚原はもうすべての経緯《けいい》を知っているということになる。

（つまり、浮気疑惑《うわきぎわく》が誤解だったことも知っている？）

何もかもわかった上で、カルロスと自分を呼び出して、どうするつもりなのか。

とっさに『落とし前』という物騒《ぶっそう》な単語が脳裏《のうり》に浮《う》かんだ。

まさか……殴《なぐ》るとか？

いや、そこまではいかなくとも、銀座の店舗《てんぽ》の話が御破算《ごはさん》になる可能性は充分《じゅうぶん》にある。

不安に駆《か》られて視線を向けると、仕事机に近づいた塚原が、デスクの上から数枚の紙を手に取り、戻《もど》ってきた。打ち合わせ用のテーブルにその紙を数枚並べる。

「『DURAN TOKYO』のイメージスケッチだ」

ガラス張りの吹《ふ》き抜け空間が外からも透《す》けて見えるエントランス外観。

白を基調とし、直線的なエンタシスの柱がそびえる吹き抜けのホワイエ。

自然光を採り入れた陰影《いんえい》の美しいウエイティングバー。

真っ白な壁《かべ》と階段がストイックな二階へのアプローチ。

天井《てんじょう》にステンドグラスが嵌《は》め込まれたメインフロア。

地上とは対照的に、ラフな石壁《いしかべ》を用いた地下のワインセラー。

そこには、塚原の力強いタッチで、硬質《こうしつ》でいて暖かみのある『DURAN TOKYO』の世界が、生き生きと描《えが》かれていた。

「まだラフなイメージでしかないが、俺なりにバルセロナと東京というふたつの街の融合《ゆうごう》を目指した。メインフロアの天窓はカタルーニャ・モデルニスモデザインのステンドグラスを嵌め込む予定だ」

食い入るようにスケッチに見入っていたカルロスが、やがて「……すごい」と感嘆《かんたん》の声を落とす。

「なんて言うか……頭の中で漠然《ばくぜん》とイメージしていたものを、鮮《あざ》やかに形にしていただいた感じです」

「気に入ったか？」

塚原に問いかけられたカルロスが満面の笑《え》みで「はい！」と答えた。塚原の表情が今日初めて少し和《やわ》らぐ。

「きみの料理は、今、現代スペイン料理の最先端《さいせんたん》を走っていると俺は思っている。きみには才能があり、またその才能を伸《の》ばす努力を厭《いと》わない。きみの料理はこの先も、まだまだ進化し続けていくだろう。その才能に見合ったエクステリアとインテリアを提供するために、俺も最善の努力をするつもりだ」

その言葉に感激した様子のカルロスが、大きく頭を下げる。

「ありがとうございます！」

（よかった）

ふたりのやりとりを固唾《かたず》を呑《の》んで見守っていた尚史は、心の中で安堵《あんど》の息を吐《は》いた。とりあえず、店舗の仕事は継続《けいぞく》しそうだ。

やはり塚原は公私混同はしない大人だった――そう思った直後。

「だが、それと柏樹の件は別だ」

塚原の低音に、カルロスと尚史は同時に顔を振り上げた。

「えっ？」

「尚史は俺のものだ」

カルロスを挑《いど》むようなまっすぐな視線で捉《とら》えた塚原が、片手で尚史の腕《うで》を摑み、ぐいっと引き寄せる。よろめいた尚史を後ろ向きに自分の胸の中に抱《だ》き込んだ。

「誰《だれ》にも渡《わた》さない」

言い切るなり、塚原は尚史の顎《あご》に手をかけ、ねじるように顔を仰向《あおむ》かせた。

「なっ……何するんですかっ……んんっ」

いきなり唇《くちびる》を奪《うば》われた尚史が、不意を衝《つ》かれている間に、熱い舌が入り込んでくる。歯列をかいくぐり、舌を搦《から》め捕られる。

「んっ、うんっ……んっ」

濡《ぬ》れた舌で口の中を掻《か》き回《まわ》され、喉《のど》の奥まで攻《せ》め込む濃厚《のうこう》なキスに、眦《まなじり》が潤《うる》み、頭の芯《しん》がくらくらと眩《くら》んだ。くちゅっ、ぬちゅっと濡れた音が響《ひび》き、飲み下しきれない唾液《だえき》が口の端《はし》から滴《したた》る。尚史の口腔《こうこう》内を散々に責め立てたあとで、塚原がゆっくりと唇を離《はな》した。

「……………っ」

解放されてからも、酸欠で頭がぼーっと霞《かす》んで、しばらくは何が起こったのかわからなかった。

「わかったか？」

はぁはぁと浅い呼吸を繰《く》り返していた尚史は、塚原の声ではっと我に返った。振り返ると、カルロスが両目を大きく見開いて硬直《こうちょく》している。その驚愕《きょうがく》の表情を見た瞬間《しゅんかん》、カーッとこめかみが熱くなった。

（し、信じられない……人前でこんなこと！）

なんとか腕の中から逃《のが》れようとしたが、がっしりと腰《こし》を摑《つか》まれていて身動きができない。

「はっ、放してください……っ」

しかし逆に、抗《あらが》えば抗うほど、より強く抱き締《し》められてしまう。尚史の抵抗《ていこう》を軽くいなした塚原が、カルロスを厳しく見据《みす》えた。

「こいつは俺のものだ」

征服《せいふく》者の面持《おもも》ちで揺《ゆ》るぎなく宣言する。

「………っ」

ぴくっと肩《かた》を揺らしたカルロスが、両目を瞬《しばたた》かせながら塚原から視線を外し、尚史を見た。まだどこか、夢でも見ているような曖昧《あいまい》な顔つきで問いかけてくる。

「ミスターを……好きなんだ？」

（好き？）

カルロスの問いかけを、尚史は改めて胸の中で反芻《はんすう》した。

塚原が好きかって？

好きでなかったら、仕事が手につかないくらいに悩《なや》んだり、胃が痛くなるほど苦しんだりはしない。

好きだから。どうしようもなく好きだから。

たとえ、自分だけのものにならなくても。

この先もずっと、その強引《ごういん》さに振り回されることになっても。

それでもどうしても、自分は塚原が好きなんだ。

自らと対話したあとで、尚史はカルロスの問いに答えを返した。

「好きです」

「俺の入る隙はまったくない？」

「はい」

「この先もずっと？」

迷いのない強さでうなずくと、カルロスがふっと息を吐き、肩を落とす。

「ミスターのものなら仕方がない。……諦《あきら》めるよ」

力無くつぶやいて、塚原に視線を戻した。一転、強い眼差《まなざ》しで塚原を見据える。

「その代わり、仕事では譲《ゆず》りません。一切《いっさい》の妥協《だきょう》はしませんから」

「当然だ」

塚原の不敵な返答に片頬《ほお》を歪《ゆが》めたカルロスが、一歩足を踏《ふ》み出し、右手を差し出してきた。

「仕切り直しましょう。改めて『DURAN TOKYO』をよろしくお願いします」

ふたりがしっかり握手《あくしゅ》を交《か》わす。

「三人で一緒《いっしょ》に仕事ができる日を楽しみにしています」

最後には笑顔でそう言って、尚史に一瞬《いっしゅん》の切ない眼差しを向けたあと、カルロスは事務所を出ていった。

5

カルロスの靴音《くつおと》が遠ざかり、ほどなく玄関《げんかん》のドアの開閉音が聞こえた。

ほっとすると同時に、さっきの仕打ちに対する羞恥心《しゅうちしん》と憤《いきどお》りが蘇《よみがえ》ってきて、尚史はまだ自分を拘束《こうそく》している塚原を上目遣《うわめづか》いに睨《にら》んだ。

「あんな……人前で……ひどいです」

しかし塚原はしれっと悪びれない。

「ああでもしないと、あいつはおまえを諦めないだろう」

「でも……だからって……キスすることはないじゃないですか」

「カルロスに隙を見せた罰《ばつ》だ。あいつには気をつけろと言っておいただろうが」

「それは……」

隙があったのはたしかにそのとおりなので、それを言われてしまうと弱い。その件に関しては反省するしかなかった。

「すみません」

尚史は悄然《しょうぜん》と俯《うつむ》いた。

「この先の仕事のことを考えると無下に断り続けるのも……と思ってしまって。私の判断が甘かったです」

「これに懲《こ》りて二度と俺以外の男と食事には行くな。いいな？」

念《ねん》押しにうなずく。

「はい」

項垂《うなだ》れていると、腕の拘束が漸《ようや》く緩《ゆる》んだ。肩を摑まれ、体を反転させられる。向き合ったとたんに、神妙《しんみょう》な声が告げた。

「だが、今回の件では俺も悪かった」

塚原が謝るなんて滅多《めった》にないことで、尚史は驚《おどろ》いて目を瞠《みは》る。

「塚原……さん？」

「キスマークを見てカッとなって、おまえの話もろくに聞かずに頭から疑ってかかってしまった。相手がカルロスだと知ってなおさら激情にかられ、酷《ひど》いことを言ってしまった。すまなかった」

謝罪の言葉を嚙《か》み締めていると、塚原が眉間《みけん》に皺《しわ》を寄せ、言葉を継《つ》いだ。

「……律子の件でも、辛《つら》い想《おも》いをさせたな。それについても、配慮《はいりょ》が足りなかったと反省している」

「……塚原さん」

「三年前、妻と娘《むすめ》が出ていったあと、家を改装したんだが、トランクルームに娘の荷物がまだ少し残っていた。その中にどうしてもその日中に必要なものがあったらしい。上海まで電話がかかってきて、引き取りに行きたいと言われたので許した。鍵《かぎ》はまだ処分せずに持っていたようだ」

「そうだったんですか。娘さんの荷物を……」

塚原の口から事情を聞き、この数日間ずっと胸に閊《つか》えていたものが幾らか下りるのを感じる。

「おまえと鉢合《はちあ》わせしてしまったのはタイミングが悪かった。だが、離婚《りこん》後あいつが家に入ったのは先日の一回きりだ。今後もない」

そう言われても、まだ、心の中に引っかかりが残っていた。

今言わなければ、二度と口にする機会はないだろう。この先ずっと自分の中にわだかまりが残ってしまう。

そんな想いに駆《か》られ、尚史は思い切ってその疑念を口にした。

「奥様とお会いして……お話をして思いました。もしかしたら……奥様には塚原さんとまたやり直したいお気持ちがあるのではないかと…」

「それはないだろう」

言葉尻《ことばじり》を奪うように断言され、眉《まゆ》をひそめる。

「そうでしょうか?」

「もし、仮に万が一、向こうにそのつもりがあったとしても、俺のほうにはない」

きっぱりとそう言い切った塚原が、腰のポケットから何かを引き出した。左手で尚史の手を掴《つか》み、手のひらに載《の》せる。自分の手の中の、ひんやりと冷たい金属を見つめて、尚史はつぶやいた。

「——鍵？」

「新しい鍵だ。今日の午前中に付け替《か》えさせた。これはおまえの分だ。持っていてくれ」

「………」

「これで、あの家の合い鍵を持つのはおまえだけだ」

真剣《しんけん》な表情で塚原が言う。

「俺にはおまえだけだ」

真摯《しんし》な声音《こわね》を重ねられ、最後の不安が消えた。

塚原に渡《わた》された鍵をそっと握《にぎ》り締める。おそらくは自分の心中を察して、忙《いそが》しい最中《さなか》、鍵を付け替えてくれたのだろう。

基本的に強引な人だけど、こういうところは本当にやさしい。

視線を上げて、尚史は微笑《ほほえ》んだ。

「ありがとうございます。大切にします」

塚原の双眸《そうぼう》が切なげに細まったかと思うと、不意に抱《だ》き寄せられる。硬《かた》い胸にぎゅっと抱き締められ、尚史は数日ぶりの塚原の匂《にお》いに包まれた。

「おまえを失うかもしれないと思って……昨夜は眠《ねむ》れなかった」

尚史の首筋に顔を埋《うず》めて、塚原が苦しい声を落とす。

「塚原……さん？」

「尚史、俺から離《はな》れるな」

いつも強気な男がこんな声を出すなんて……。

懇願《こんがん》に似た声音に胸が甘く締《し》めつけられる。胸の奥からじわじわと熱い想いが染《し》み出してきた。

——好きだ。好き……誰《だれ》よりも。

「……塚原さん」

男の背中に手を回し、その大きな胸に顔を埋め、尚史はここ数日の胸の内を打ち明けた。

「会いたかった……」


「んっ……う……ン……ん」

塚原の足許《あしもと》に跪《ひざまず》き、尚史は一心不乱に彼のものを口で愛撫《あいぶ》していた。

神聖な仕事場で——こんな場所で——いけないことだとわかっている。

わかっているけれど、今すぐ塚原が欲しくて堪《たま》らない。場所を改める余裕《よゆう》もなく、そして塚原もまた、尚史を欲しがっていた。

「ん、ん……、ン……っ」

（……大きい）

喉《のど》の奥いっぱいまでの充溢《じゅういつ》に、うっすらと涙《なみだ》が滲《にじ》む。

だけど、初めは柔《やわ》らかかった塚原が少しずつ力を増していくのを実感し、その大きなもので口の中の性感帯を刺激《しげき》されているうちに、いつしか陶然《とうぜん》とした気分になってくる。

わだかまるような熱がどんどん下半身に集まって……。

塚原の欲望を愛撫しただけで感じてしまうなんて、恥《は》ずかしいけれど。

「尚史」

ご褒美《ほうび》のような甘い声で名前を呼んだ塚原が、額に落ちた尚史の前髪《まえがみ》を掻《か》き上げる。やさしい手の動きに、尚史はうっとりと目を細めた。

硬い屹立《きつりつ》を喉奥《のど》まで含《ふく》み、複雑な隆起《りゅうき》に舌を這《は》わせ、ちゅくちゅくと音を立てて舐《な》めしゃぶると、唇《くちびる》の端《はし》から唾液《だえき》が滴《したた》った。眦《まなじり》が熱く潤《うる》む。

「ん、……ふ……っ」

「……尚史」

吐息《といき》混じりのかすれ声がもう一度名前を呼んだ。感じていることが伝わるその艶《つや》めいた声音を聞いただけで、腰《こし》の奥がじんじんと疼《うず》く。

髪《かみ》を撫《な》でる大きな手から、塚原の想いが伝わってくるようだ。

いまや塚原の欲望は、今にも口からはみ出そうなほどに張り詰《つ》めていた。その逞《たくま》しい屹立を唇で扱《しご》くと、先端《せんたん》からとろっとしたぬめりが溢《あふ》れ出てくる。舌先に触《ふ》れた先走りを啜《すす》った刹那《せつな》、塚原がびくっと震《ふる》えた。

「……………っ」

頭上で息を呑《の》む気配がしたかと思うと、両手で顔を挟《はさ》み込まれ、口からずるっと欲望を引き抜《ぬ》かれる。

「あ……」

「……危なかった」

塚原が息が吐《は》いた。

「塚原さん」

もう少しだったのに、という非難を込めてその名を呼ぶと、塚原が肉感的な唇を歪《ゆが》める。

「口の中も魅力《みりょく》的だが、やっぱりおまえの中がいい」

欲情の滴るような貌《かお》で赤裸々《せきらら》な台詞《せりふ》を吐かれ、カッとこめかみが熱くなる。

塚原が尚史の腕《うで》を摑み、引っ張り上げた。立ち上がった瞬間《しゅんかん》に唇を塞《ふさ》がれる。

「んっ……」

くちづけながらコートを脱《ぬ》がされ、床《ゆか》に落とされた。スーツのジャケットも脱がされる。シャツ一枚になったところで身を返され、仕事机に仰向《あおむ》けに押し倒《たお》された。

首筋にキスを落としつつ、塚原が尚史の靴《くつ》を摑み、そのまま床に投げる。もう片方の靴も同じように脱がされた。続いてベルトを外され、トラウザーズを下着ごと引き下げられる。

気がつくと尚史は、上半身はネクタイにシャツ一枚、下半身は剝《む》き出しというあられもない格好になっていた。恥ずかしい状態に抗議《こうぎ》する暇《いとま》も与《あた》えられず、両足首を摑まれ、大きく脚《あし》を割り広げられる。塚原を愛撫しただけで形を変えてしまっていた欲望を熱っぽい視線で炙《あぶ》られ、じわりと顔が火照《ほて》った。

「俺のを銜《くわ》えただけで濡《ぬ》れたのか」

意地悪な問いかけに唇を嚙《か》み締める。

「こっちも尖《とが》らせて……悪い子だ」

甘く昏《くら》い声で咎《とが》められると、胸の先端がジンと痺《しび》れた。シャツの上から尖りを摘《つ》まれ、ひくんっと全身が震える。

「あっ、あ、……」

先端を塚原にぐりぐりと押し潰《つぶ》され、ぴりぴりと走る刺激に、薄《うす》く開いた唇から嬌声《きょうせい》が零《こぼ》れた。乳首《ちくび》の愛撫と連動するように、勃《た》ち上がった欲望の先端からも蜜《みつ》がつぷっと溢れる。

（こっちも……触《さわ》って欲しい）

尚史は懇願の眼差《まなざ》しで塚原を見上げたが、その要求は受け入れられなかった。

肩《かた》を摑まれ、もう一度体をひっくり返される。デスクに胸を付けるような体勢で立たされ、両脚《りょうあし》を少し開かされた。

指で双丘《そうきゅう》を左右に割られた直後、剝き出しになった後孔《こうこう》がぴちゃっと何かで濡らされる感《かん》触《しょく》があった。尚史の口からは「ひっ」という悲鳴が飛び出る。

舌だ。塚原が舌で——。

「やだ……嫌《いや》、です……そんなっ」

嫌がっても、塚原は許してくれない。尚史の腰を揺《ゆ》るぎなく押さえつけたまま、厚みを持った熱い舌が、ぐっと中に押し入ってきた。

ぴちゃぴちゃと音を立てて、濡れた舌が何度も出入りする。体内でぬめぬめと蠢《うごめ》く感触に、背中の産毛《うぶげ》が逆立ち、脚がガクガクと震えた。

「んっ……う、んっ」

たっぷりと体内を蹂躙《じゅうりん》した舌が漸《よう》く出ていって、だがほっとする間もなく、ふたたび硬いものが入ってくる。

（指……）

節ばった硬い指をぬぷっ、ぬぷっと抜き差しされ、感じやすい弱みを集中的に擦《こす》られて、内側からの刺激で欲望が激しく勃《ぼっ》起《き》した。

「んっ、あっ……ん」

勃ち上がった欲望の先端から、太股《ふともも》に伝うほど体液が滴る。

「あっ……はっ、あっ」

デスクの端《はし》をきつく摑《つか》んで腰を揺すっていると、ずるっと指が抜けた。指と舌の愛撫で蕩《とろ》けたそこに、今度は灼熱《しゃくねつ》の脈動が押しつけられる。

（塚原さん……の）

「入れるぞ」

こくっと息を呑んだ瞬間、ぐぐっと突《つ》き入れられた。肉を割り、襞《ひだ》を巻き込むようにして、剛直《ごうちょく》が突き進んでくる。

「――っ――ッ」

衝撃《しょうげき》に背中がしなる。口から飛び出そうな悲鳴を、尚史は必死に堪《こら》えた。最後は尚史の腰を大きな手で摑んだ塚原が、体を揺すり上げて、すべてを収める。

「……ふ……」

尚史の息が整うのを待って、塚原が動き始めた。

「んっ、うぅんっ」

いきなり情熱的に揺さぶられ、机上を体が泳いだ。ふたり分の獣《けもの》じみた息づかいと、塚原が自分を穿《うが》つ音だけが、無人のオフィスに響《ひび》く。神聖なオフィスでいけないことをしているという背徳感が、余計に快感を煽《あお》っているのだとわかっていても、どうしようもなかった。

前に回ってきた塚原の手が、尚史の欲望を扱く。後ろの激しい抽挿《ちゅうそう》に蕩けるような快感が加わり、ふたつの甘い責め苦が織りなすハーモニーに尚史は乱れた。

頭も体も官能に塗《ぬ》りつぶされ、何も考えられない。

「あっ、あっ、あぁっ」

力強い律動が送り込まれるたびに内襞が淫蕩《いんとう》にうねり、塚原に絡《から》みつく。塚原を締《し》めつけることによって、また新たな快楽が生まれる。肌《はだ》が粟立《あわだ》つほどの快感に、尚史は腰を揺らしてよがった。

……体が熱い。どこもかしこもが熱い。

塚原と密着している肌も、塚原が出入りする内側も。

熱くて熱くて、今にも爆発《ばくはつ》しそうだ。

うなじにかかる塚原の忙《せわ》しない息づかいにも煽られる。

「塚原さんっ……あ……も、うっ」

絶頂の予感に声をあげ、尚史は背中を撓《しな》らせた。

「あ……いっ……いくっ――いく――ッ」

達すると同時に、体内の塚原をきつく締めつける。

「……くっ」

耳許《みみもと》で低い唸《うな》り声が聞こえ、ひときわ体内で大きく膨《ふく》らんだ塚原が弾《はじ》けた。ぴしゃりと奔《ほん》流《りゅう》を叩《たた》きつけられ、尚史はびくびくと震えた。体の奥に塚原が放った『熱』がじわりと広がる。

「はぁ……はぁ」

胸を喘《あえ》がせているうちに、塚原がゆっくりと抜け出た。そうしてもう一度、後ろから尚史を抱《だ》き締めてくる。

「尚史」

自分をすっぽりと包む込む大きな体、その重み、頭を撫でる硬《かた》い手のひらが気持ちいい。恋人《こいびと》の胸に抱かれる心地《ここち》よさに身を委《ゆだ》ねながら、尚史の唇《くちびる》からは、無意識の声が零れていた。

「……新也さん」

頭を撫でていた塚原の手の動きが止まる。肩を摑まれ、身を返された。褐色《かっしょく》の双眸《そうぼう》が正面からじっと見つめてくる。

「初めてだな。おまえが俺の名前を呼ぶのは」

改めてそんなふうに言われると、気恥《きは》ずかしさが込み上げてきた。でも、本当に自然と口をついて出てしまったのだ。心から、そう呼びたいと思ったから。

「駄目《だめ》、ですか？」

うっすら目許《めもと》を染めて尋《たず》ねる。

「いや」

塚原が唇の端を持ち上げた。

「悪くない」

そう言って、顔を近づけてくる。

「もう一度、呼んでくれ」

「新也さん」

満足そうに、塚原が笑った。

「尚史——愛している」

甘い睦言《むつごと》を耳に、尚史は静かに目を閉じ、恋人のくちづけを受けとめた。

あとがき

こんにちは、初めまして、岩本薫です。

このたびは『征服者の恋』をお手に取ってくださいまして、ありがとうございました。


まずは少し作品の補足を。

この『征服者の恋』には、お話が二話収められております。

一話目の「帝王の庭」は、二〇〇二年に雑誌掲載《けいさい》された読み切りを、今回文庫化にあたって加筆修正したものです。

表題作の「征服者の恋」は、「帝王の庭」のふたりのその後の書き下ろしです。

「帝王の庭」はいつか続きを書いてまとめられたらと思っていましたので、こうして一冊の本にして皆様《みなさま》にお届けすることができて、とてもうれしいです。

尚《なお》、書き下ろしの「征服者の恋」は、既刊《きかん》単行本『ロッセリーニ家の息子』シリーズのリンク作品にもなっています。今回はロッセリーニ一族の誰《だれ》が登場するのかも、楽しみのひとつとして、お読みいただけたらと思います。

さて今回は、角川さんでは初めての日本人同士のカップル。しかもかなりの大人カップルです。そのせいか、悩《なや》みや障害もアダルトな感じです。主役の尚史がゲイであることもそうですが、攻《せめ》の塚原がバツ一というのも、初めてかもしれません。そういった意味でも、本作は拙作《せっさく》の中でも少し趣《おもむき》が異なる作品かと思います。

そしていつもと違《ちが》うと言えば……「征服者の恋」。実は角川さんのお仕事では、毎回密《ひそ》かに自分なりのハードルを課すようにしているのですが、今回のテーマは「当て馬登場」でした。ちゃんとした（?）当て馬キャラを出すのは初めてのことで、いざチャレンジしてみたらば、とても……とても難しかったです。出したのを後悔《こうかい》するくらいに（笑）。

そんなわけで、続編執筆《しっぴつ》は苦難の道程でしたが、書き下ろし作品ですと、私の場合主人公たちが恋人《こいびと》同士になるところで終わりになることが多いので、今回のようにその後のふたりをじっくり書けるのは新鮮《しんせん》でもありました。

皆様にも、少しでもお楽しみいただけましたら幸いです。

蓮川先生、お忙《いそが》しい中、帝王《ていおう》で征服者《せいふくしゃ》な塚原と、クールな中に熱い一面を秘めた尚史（眼《め》鏡《がね》）を素敵《すてき》に描《えが》いてくださいまして、ありがとうございました。今回もまた、うっとりするような挿絵《さしえ》の数々をいただくことができて、とても幸せです。

いつもご迷惑《めいわく》をおかけしてばかりの担当様。今回も適切な助言と励《はげ》ましのお言葉をありがとうございました。今後もこれに懲《こ》りず、よろしくご指導の程《ほど》をお願い致《いた》します。
本書の制作に携《たずさ》わってくださいました関係者の皆様、たくさんのお力添《ちからぞ》えをありがとうございました。
最後になりましたが、いつも応援《おうえん》してくださっている読者の皆様に最大の感謝を捧《ささ》げます。

それではまた、次の本でお会いできますことを祈《いの》って。

二〇〇八年　冬

岩　本　薫

〈初出〉
「帝王の庭」（小説ＢＥａＳＴ・２００２Ｓｕｍｍｅｒ／ビブロス刊）加筆修正
「征服者の恋」書き下ろし

KADOKAWA RUBY BUNKO

征服者《せいふくしゃ》の恋《こい》
岩本《いわもと》　薫《かおる》

角川ルビー文庫　R122-3　15454

平成20年12月1日　初版発行
平成23年11月15日　6版発行

発行者——井上伸一郎
発行所——株式会社角川書店
東京都千代田区富士見2-13-3
電話/編集(03)3238-8697
〒102-8078
発売元——株式会社角川グループパブリッシング
東京都千代田区富士見2-13-3
電話/営業(03)3238-8521
〒102-8177
http://www.kadokawa.co.jp
印刷所——旭印刷　製本所——BBC
装幀者——鈴木洋介

ISBN978-4-04-454003-6　C0193　定価はカバーに明記してあります。

独裁者の恋
何よりも
甘い命令口調の唇で
囁く、この恋——。
身寄りのない祐のもとに舞い込んだ通訳の仕事。ところが仕事相手であるサイモン・ロイドは傲慢で横暴な男で…？
著／岩本薫
イラスト／蓮川愛
岩本薫×蓮川愛で贈る
スペシャル・ラブ・ロマンス！

「――言えよ。
二度と離れないって。
オレなしじゃ生きて行けないって」
恋した相手に生涯を誓う一途な年下×大人の男が贈る
情熱的なラブストーリー！
年上の恋人
著／岩本薫
イラスト／木下けい子
若くて野性的な六歳年下の幼なじみ兼恋人の悦郎。
見合い話が水城にあることを知って…!?